Peter Faecke

DER KARDINAL, GANZ IN ROT UND FRISCH GEBÜGELT

EDITION KÖLN

Peter Faecke

DER KARDINAL, GANZ IN ROT UND FRISCH GEBÜGELT

Roman.
Die Kommissar Kleefisch-Serie I

Krimi & Co.

1

Im Ebertpark hatte ich mich dieser Blonden mit Kinderwagen von hinten bis auf den entscheidenden Schritt genähert.

Eines der Räder quietschte leicht. Ein rhythmisches Zirpen und Fiepen fast wie das eines kleinen Vogels. Eines Rotkehlchens etwa. Dieses Geräusch gab mir den Rest. Es verhöhnte mich in allem, was ich war und was ich je geleistet hatte. Wieder und wieder. Bei jeder Umdrehung.

Mit der insgeheim oft geübten, unauffälligen, sehr schnellen Bewegung, die nichts von meinem Alter verriet, zog ich die umwickelte Flasche aus der Manteltasche.

Ich holte zum Schlag in das Genick der Blonden aus.

Ich wollte zuschlagen und sie mit diesem einen kleinen und unauffälligen, aber satten, mich endlich und hoffentlich befriedigenden Geräusch töten, das Ähnlichkeit mit einem guten Wein haben würde, der entkorkt wird.

Aber noch während mein Arm sich nach oben bewegte, sah ich die Bescherung.

Sie war nur die Vortäuschung einer jungen Mutter. Irgendein verrücktes Flittchen. Vielleicht sogar ein Transvestit. Die bloß gespielte Ausgabe dessen, was ich gesucht hatte und was mich erlösen sollte.

Im Kinderwagen lag nichts als eine kleine, schon etwas ramponierte Schlafpuppe. Und die angebliche Mutter war nicht wirklich blond.

Ihre Haare waren zu diesem billigen Weißblond gefärbt, das eher verwässertes Postgelb ist, die Farbe von Klodeckeln, etwas in der Art. Schäbig. An den Wurzeln war das Haar schon wieder dunkel nachgewachsen. Und als sie jetzt den Kopf drehte und die falsche Pracht ins Rutschen geriet, erschien eine schwarze Strähne. Schwarz wie die Nacht, sodass ich mich möglicherweise, nur von ein, zwei Sekunden getrennt, sogar an einer Ausländerin vergriffen hätte: Türkin. Marokkanerin. Rätselhaftigkeit des Orients. Bambusdschungel Asiens. Terror des Islam. Schrecken der Blech- und Pappstädte Lateinamerikas. Moskitos überall, Urinpfützen und Kindergangs, etwas in der Art.

Ich ließ die umwickelte Flasche so schnell und geübt verschwinden, wie ich sie hervorgeholt hatte.

Diese blond wie ein Brötchen gefärbte Ausländerin gab vor, junges Mutterglück durch den Ebertpark zu schieben, wie es täglich Dutzende von heimischen Frauen hier tun, aufgeblasen von Selbstzufriedenheit. Sie ziehen eine Geruchsspur von Faulheit, Bananenbrei, tendenziellem Analphabetentum und der explosionsartigen Darmentleerung ihrer Kleinen hinter sich her, aber fordern Anerkennung wie Wegezoll von jedem Entgegenkommenden. Frisch haben sie ihr Bündel aus Schrei und Darm geboren, jetzt gehört ihnen die Stadt. Genauso unverfroren wie Autofahrer und Hundehalter nehmen sie alle ihre Bewohner als Geisel. Obwohl sie selbst doch die eigentlich Betrogenen sind.

Natürlich war ich ihr zu nahe gekommen. Schon hatte sie den Mann in ihrem Rücken gerochen. Sie schreckte zusammen, verhielt den Schritt, drehte sich zu mir um. Ich faselte schnell etwas von Biene oder Wespe, böses Insekt im Haar, etwas in der Art. Zur Verdeutlichung surrte ich wie ein Kind, das Auto fährt, beschrieb mit der Hand eine Flugbahn, die in ihrem Haar endete. Da endlich verstand diese Inderin, Pakistani oder Bangladeshi, vor was ich sie gerettet haben wollte. Ihr Gesicht entspannte sich, sie lächelte.

Im Abdrehen beugte ich mich über den Kinderwagen mit der schon ziemlich lädierten Puppe, sagte, was man so sagt *ein süßer Fratz, ganz wie die Mama,* und sah sie noch einmal kurz an.

Mein Gott, wirklich, was ich damit erntete, war das schönste Lächeln, das mir je eine junge Frau geschenkt hat. Ein Lächeln der Nacht, das aus ihren Mandelaugen kam, auf den Wangen glitzerte wie Tau auf der Rose. Ich sage eigens Rose, weil sie tatsächlich auf der rechten Wange eine aufgemalte (tätowierte?) Rose trug.

Jetzt zeigte sie noch kleine, ganz weiße Zähne und hauchte etwas, das ich leider nicht verstand. Ich war sekundenlang abgelenkt durch einen Mann mit Fotoapparat vor der Brust, der seitlich aus einem Gebüsch trat. Er schüttelte umständlich ein Bein, sein Geschlecht hing wohl noch verquer, und zog sich den Verschluss des Hosenlatzes zu. Einer der vielen Wildpisser in der Stadt Köln, der öffentliche Bedürfnisanstalten in ausreichender Zahl zu teuer sind.

Erst am vorläufigen Ende des Parkweges, wo die Clever Straße ihn unterbricht, holte mich der Andere ein. Wir standen beide artig wie Deppen vor der Fußgängerampel, weit und breit kein Fahrzeug, und warteten auf Grün: ich und der Mörder, der ich fast gewesen wäre. Ich dachte an ihr Lächeln. Und wie sich die Lippen geöffnet und kleine, ganz weiße Zähne entblößt hatten. Ich dachte daran, und der Kerl neben mir verschwand wie weggeblasen. Als hätte es ihn nie gegeben. Ein schlechter Gedanke bloß, mehr nicht.

Als die Ampel umsprang, wusste ich, dass ich mich verliebt hatte. Dieses Lächeln, ihre Lippen, die Rose auf der rechten Wange, die kleinen weißen Zähne waren in mich reingefallen wie Tropfen warmen Honigs. Meine fürchterliche, erschreckend kalte Wut und der Drang, eine dieser Selbstgefälligen mit ihrer sämigen Geruchsspur aus Muttermilch und Darmentleerung zu töten, waren weg. Und ich wusste, dass ich den Anderen, diesen Mörder in mir, der mir gefolgt war wie der scharfe Hund dem Herrn, würde töten müssen.

Ihn oder mich selbst. Oder aber auf die Knie fallen vor der letzten Liebe des alten Gockels, der ich war. Und da habe ich geweint. Im Stehen. Mit hängenden Armen. Es war alles so traurig. Und ich, einst ein stolzer Mann mit Frau und Haus und Buchhandlung, war nichts.

2

Die Melchiorschänke in der Neusser Straße wurde ab 7 Uhr früh von Rentnern bevölkert, die wie dunkle, noch von der Nacht schläfrige Falter am Tresen saßen. Sie tranken Kölsch/Korn, rauchten aus der Mode gekommene, schwer zu besorgende Tabaksorten und sahen lange, immer wieder und ohne wirklich zu lesen, auf die Großbuchstaben von *Bild-Zeitung* oder *Express*, als fänden sie hier endlich, in Geheimschrift zwischen den Zeilen und genau an diesem Morgen, das ganze Rätsel ihrer schon langen Leben gelöst. Und auch das aller ihrer Toten, die sich bereits auf ihnen niedergelassen hatten und sie von Tag zu Tag weiter in den Boden drückten.

Günther Tiefental war zwar Stammgast, aber trank wenig. Und das Wenige noch dazu mit drei spitzen Fingern. Anfänglich hatte er daher als Schwuchtel gegolten. Damit war er nicht ausgegrenzt. Eine Schwuchtel war hier eine Schwuchtel, nichts sonst. Wie Karl, der ehemalige Juwelendieb, ein Knacki war, nichts weiter. Und der frühere Kriminalhauptkommissar Kleefisch ein trockener Alkoholiker, sonst nichts. Das Alter und das Hiersein, die Einsamkeit und die leere Zeit hatten sie gleich gemacht, als sei jemand mit einem Rasenmäher über alle hinweggegangen.

Erst nach und nach waren sie dahinter gekommen, dass Tiefental mit seinem gepflegten Hochdeutsch zwar etwas Besseres schien, aber auch bloß ein gewöhnlich Gescheiterter war: Pleite gegangen mit seiner Buchhandlung **Don Quijote** in der Domstraße. Verrückte Idee, den Laden so zu nennen. Wo einem schon der Name dieses Spaniers nicht so recht über die Zunge will, der ohnehin eher etwas für eine Cognacmarke oder ein Weingut ist. Kein Wunder, dass die Bude nicht lief und die Frau ihm abhaute. Tiefental hatte ihnen ein Foto dieser Frau gezeigt: mollig war sie, weizenblond, ein wogendes Kornfeld, mit Resten von Lebenslust und Schönheit. Als würde sie einem mit diesen Resten zum Abschied noch winken, ja zum Mitkommen auffordern.

Sie verstanden dieses Rasseweib sofort, behielten es aber für sich. Eine Frage des Anstands und des Friedens am Tresen. Der Rücksicht auch auf einen neuen Stammgast, der mit seinen dünnen Haaren und dem jeden Morgen bis zum dritten Kölsch zuckenden Gesichtsmuskel eine Mimose schien. Ein Buchhändler eben. Einer, der seinen Laden »Don Quijote« nennt. Und der unruhig wurde, spitz, ja der zu kichern begann wie ein Schüler, wann immer sie, so ganz nebenbei, von Frauen redeten. Und was sie angeblich alles mit denen angestellt hatten.

Seitdem nannten sie ihn »Don«. Der Rest war ihnen zu umständlich. Aber es war schon richtig. Dieser Spanier von damals war ja dem Hörensagen nach auch so einer gewesen, der es an den Nerven hatte. Und nicht zu knapp.

Ganz anders der Kommissar Johannes B. Kleefisch. Der hatte sich hier in den letzten Monaten vor seiner verordneten Frühverrentung die Leber hart getrunken. Einmal die Woche wurde er, abgefüllt bis 2 cm zum Überlauf, als nahezu hilflose Person von einem Taxifahrer in sein Genossenschafts-Reihenhäuschen nach Köln-Bickendorf gebracht.

Das änderte sich für Kleefisch erst nach einem Klinikaufenthalt mit der Qual von Entgiftung und Entwöhnung. Frau Kleefisch nutzte die Zeit, um mit fliegenden Koffern und den dunklen Augenringen der um ihre letzten Jahre Betrogenen zur Tochter zu ziehen. Kleefisch hatte das erwartet. Ohnehin war die Welt, mit jetzt ewiger Nüchternheit betrachtet, so entsetzlich, dass ihn nichts mehr groß erschüttern wollte.

Die anderen verstanden das. Sie verstanden natürlich auch seine Frau, was sie in diesem extremen Fall nicht für sich behielten. Mit Kleefisch ließ sich schließlich reden wie mit einem, der ohne Wasser durch die Sahara gegangen ist.

Dieser Kleefisch lag nur dann völlig falsch, wenn er vor seinem jetzt ewigen *Schweppes*-Glas saß – bald würde er gelbe, nachts leuchtende und wahrscheinlich sogar blinkende Katzenaugen haben von dem vielen Chinin, wenn er nicht sogar irgendwann die Verdunstungskälte des Heiligen um sich verbreitete – und sich herausnahm, über ihre eigenen Frauen zu räsonnieren. Warum auch die abgehauen waren. Gestorben mit einer letzten Ermahnung, regelmäßig die Birkenfeige und den Gummibaum zu wässern, als hätten 32 schweigsame Ehejahre nichts als Zimmerpflanzen hinterlassen. Oder aber die immer noch, Nacht für Nacht, neben ihnen lagen als alte, hart gewordene, von Schimmelflecken gemusterte Brotlaibe und wenig anderes im Kopf hatten als diese Matratzen, die für teures Geld schon wieder im Dänischen Bettenhaus gewechselt werden sollten.

Wenn Kleefisch so redete, wurde er unerträglich. Das Gift des frisch Entzogenen. Sie sagten es ihm, einmal, fünf Mal, und es wurde laut in der engen Stube, die noch nach dem kalten Rauch der letzten Nacht und dem Aufwischwasser von 6 Uhr morgens roch.

Was denn wusste dieser jetzt zu höherer Nüchternheit Verdammte schon von ihren Frauen. Und wo die Liebe geblieben war. Die Träume. Jeder einzelne hier hatte doch geträumt und dabei erfahren, wie groß und einzigartig der Mensch sein kann. Und wie erbärmlich trotzdem alles endet. Dämlicher Kommissar, der davon zehrte, dass er als junger Kriminaler maßgeblich an der Wiederbeschaffung des geraubten Domschatzes beteiligt war. Und bis heute in Köln-Kalk oder Köln-Chorweiler die eine oder andere Kneipe fand, die sich mit seinem Auftauchen in weniger als zwei Minuten vollständig leerte.

Diese kleinen Fische sind alles Idioten sagte Kleefisch dazu nur, *die schwimmen immer wieder ins Netz ihrer Kneipen. Und da werden sie von uns abgefischt wie ein Schwarm Sardinen.*

Kleefisch stieg jetzt gereizt vom Hocker. Sein *Schweppes*-Glas vor sich hertragend wie eine kleine, feuchte Monstranz, stieß er mit dem Fuß die rückwärtige Tür auf, die zu Lokus und Küche führte und zu einem Treppenaufgang, über den er sein Büro erreichte: *Detektei Johannes B. Kleefisch, Kriminalhauptkommissar i.R.* – Kölns einzige Detektei, die durch eine Kneipe hindurch, am Lokus vorbei, schmale und steile Treppe hoch zu erreichen war.

Die erfahrenen unter seinen nicht sehr zahlreichen Klienten stellten sich für ein schnelles Glas an die Theke, wie ein Regenschirm zum Abtropfen. Dann erst verschwanden sie mit betonter Absichtslosigkeit durch die rückwärtige Tür. Tauchte dagegen eine verheulte, noch unsichere Frau auf, winkte sie immer jemand ein wie einen kollidierten Boliden zum Boxenstop. So verfügte der Einzelkämpfer und zumeist Schwarzarbeiter Kleefisch über ein perfektes Vorzimmer. Der Vorteil des Geläuterten, obwohl es doch in seinem Vorleben die Hölle gewesen war.

Günther Tiefental war ihm gefolgt.

Nein sagte Kleefisch, *nicht schon wieder du.* Er saß an seinem kleinen Schreibtisch, gebrauchtes Antikimitat von Emmaus e.V. und blätterte in Unterlagen, die ihm die Soko »Bosporus« zugefaxt hatte. Neun Morde an türkischstämmigen Kleinunternehmern, darunter ein Blumenhändler aus Schlüchtern, ein Schneider aus Nürnberg, Obsthändler in Hamburg, Obsthändler in München, Döner-Verkäufer in Rostock, Kioskbesitzer in Dortmund ... alle erschossen mit der selben Waffe. Hier räumte einer mit dem Traum von der Selbständigkeit auf. Oder die Waffe kursierte innerhalb einer Organisation: Mädchen, Drogen, Schutzgeld. Eine Spur zu groß für Kleefisch, aber er würde sich umhören.

Wer im Beamtenapparat hat schon einen Draht zu Türken. Die streichen dem Ermittler preiswert die Wohnung, fleckenfrei, nicht ein falscher Pinselstrich, kassieren bar auf die Tatze und verschwinden wie die Asseln wieder in einem völlig unbekannten Leben, das unter dem Pflaster nebenan liegt.

Ich müsste mal im Ruhrgebiet die aufgegebenen Zechen durchforsten. Die haben doch längst in den Stollen Istanbul nachgebaut, die in Anatolien zerstörten Dörfer. Die Hänge des Bosporus mit seinen Fischlokalen, Wasser hat's genug da unten. Bauen Moscheen auf der 600m-Sohle. Zeugen Kinder ohne Ende mit ihren Frauen in Kartoffelsäcken. Verstecken sofort die Töchter, bleich wie Fischbäuche. Züchten Hammel und wetzen Messer für die Schächtung, allein Köln zählt inzwischen 100.000 Muslime und noch immer lässt das katholische Herz der Stadt keine größere Moschee zu, na ja, hatte Kleefisch oft gedacht ...

Du könntest wenigstens sagen, dass ich mich setzen soll.

Setz dich. Nein, nicht auf diesen Stuhl, der ist kaputt. Auf den schwarzen.

Tiefental saß und sie sahen sich an. Hinter Kleefisch hing eine handtellergroße Uhr, deren Sekundenzeiger jeweils vor der Sechs mit einem kleinen Zittern verharrte.

10:12 Uhr.

Dann, wenn Tiefental schon zu ersticken glaubte, am Ende seines Lebens angekommen, die Zeit erloschen, fiel der Zeiger mit einer schlappen Bewegung auf die Sechs, wie abgestorben. Das war noch fürchterlicher. Dann erst ruckte er weiter. Tiefental lebte wieder auf. Und musste jetzt fast eine Minute lang dem Blick dieses Kleefisch standhalten. Eine Minute, in der er bedauerte, so empfindsam zu sein. Es ließ sich nicht mehr ändern. Eine Hypothek der Geburt. Dann die vielen Bücher. Das Alleinsein. Nie wusste er, ob er sich selbst so erzogen hatte oder die Umstände: ein Blatt im Wind. Selbst der Wind schrieb auf ihm und tat ihm weh.

Jetzt war es 10:13 Uhr.

Also?

Es ist nämlich so, dass ich ...

Ich hab dir gesagt, wo deine Alte jetzt lebt und mit wem sie schläft. Ich hab diese Unterhosengeschichte einmal für dich erledigt, und jetzt ist Schluss. Ich mag das nicht. Wenn ich noch einen Rest Berufsehre habe, dann den: keine Schnüffelei an Frauen. Außerdem hast du mich noch nicht bezahlt.

Tiefental sah auf die Uhr. Der Sekundenzeiger ruckte gerade wieder an.

10:15 Uhr.

Ich hab mich nämlich verliebt.

Schön für dich. Und wahrscheinlich ziemliche Knochenarbeit für die Beglückte. Bis einer wie du genießbar wird, das dauert.

Das Problem ist nur, dass ich sie nicht kenne. Und auch nicht weiß, wo ich sie finden könnte.

Eine Einbildung? Eine Phantasie? Eine Figur aus deinen vielen Büchern? Also da bin ich sowieso nicht zuständig. Das wäre etwas für unseren ehemaligen öffentlichen Schreiber hier gewesen, den Poggenpohl. Aber der ist nicht mehr.

Nein ... und Tiefental schilderte ihm seine Begegnung im Ebertpark. Beschrieb die falsche Blonde, in deren Haar – gesplissen war es, sagte er, dieses ewige Bleichen und Färben, du verstehst, ein armes Ding, das glaubt, blond sein zu müssen

– sich gerade eine Wildbiene zu verfangen drohte, als er sie mit seinem gewohnt forschen Schritt überholte. Sie schob einen Kinderwagen. Und was lag drin? Anstelle der üblichen Schreie mit Darmentleerung?

Von mir aus lauter große Scheine. Bankraub. Automatenknackerin sagte Kleefisch.

Nichts als eine schon ziemlich ramponierte Schlafpuppe sagte Tiefental.

Aha sagte Kleefisch.

Ich hab sofort gesehen: diese Inderin brauchte das. Sie wollte dazugehören zu allen diesen Müttern im Ebertpark. Ich hab das Spiel mitgemacht und ihr gesagt »ein süßer Fratz, ganz wie die Mutter«, und stell dir vor, was war die Antwort? Das schönste Lächeln, das mir je eine Frau geschenkt hat. Und seitdem ist es um mich geschehen. Ich liebe sie.

Ein mobiles Drogendepot sagte Kleefisch.

Ein was?

Die versorgt mit ihrem Kinderwagen die Fixer im Park. Unter der Puppe, den Windeln liegt Kokain, Heroin, rauschhaltiger Tee aus Assam, das ganze Dreckzeug.

Seitdem du nicht mehr trinkst, steckst du voller Gift.

Ich bin entgiftet und entwöhnt. Trocken. Gelassen. Klarsichtig wie nie zuvor. Ich sehe von hier aus bis nach Kolumbien, wo der Schnee herkommt. Und mit meinem rückwärtigen

Auge, dem des Kommissars, sehe ich bis nach Afghanistan, wo die Bundeswehr voll damit beschäftigt ist, sich selbst zu bewachen. Die haben keinen einzigen Finger frei, um etwas für das Land und gegen die Mohnfelder zu tun.

Du musst mir helfen. Ich brauche diese Frau. Ich liebe sie und hab sie schon verloren.

Na na sagte Kleefisch. *Du bist wirklich eine Mimose. Ein Blatt, auf dem der Wind schreibt. Sieh mich mal an.*

Tiefental wusste, was jetzt folgen würde. Vorsorglich blickte er auf die Uhr.

10:21 Uhr.

Das letzte Mal hatte er Kleefisch ganze 38 Minuten lang in die Augen sehen müssen, wortlos, ohne sich zu bewegen. Kein Kölsch, keine Zigarette, nichts. Er hatte gehört, wie die Tropfen in seine Blase fielen.

Kleefisch hatte diese Prozedur nicht erfunden. Er hatte sie mehrfach erlitten als junger Personenschützer von Herbert Wehner, dem erst kommunistischen, dann sozialdemokratischen Urgestein und Strippenzieher, der allen, selbst den Putzfrauen schärfstens misstraute. Und sie sich der Reihe nach auf diese Art unterwarf, gnadenlos. Sie aufspießte wie der Sammler den Käfer. Aber der in Wirklichkeit auch immer hoffte, dabei auf einen Ebenbürtigen zu stoßen, auf einen, der genauso gnadenlos und unfertig war wie er selbst. Auf einen, der mit ähnlich finsteren Gerüchten von Verrat und Liquidation zu leben hatte wie er und mit dem er sich dann hätte befreunden können. Er hätte gern einen Freund gehabt.

Aber bei dem Versuch, wenigstens einem trauen zu können und ihn zu gewinnen, spießte er sie auf und tötete sie. Und sowas zehrt. Kein Wunder, dass der Mann in geistiger Umnachtung starb.

10:29 Uhr.

Tiefental wusste, dass Kleefisch allein war. Ein Mann, der als Personenschützer erst aufgespießt worden war wie ein Käfer und danach als Kommissar immer wieder die Stadt Köln nackt gesehen hatte, nackt in ihrem Elend und ihrer Schönheit und ihrem Dreck und der darüber alt geworden war, verhärtet und verbittert und in die Alkoholfalle getappt, erst von der Tochter, dann von der Frau verlassen, so ein Mann war allein. Das war Tiefentals einziges Guthaben bei dieser Prozedur. Sein Rettungsring. Mit dem trieb er auch jetzt wieder durch sein eigenes Leben, das zwischen einem Riesen von Vater und einer Maus von Mutter begonnen hatte und bald im Schatten von drei Brüdern, groß und stämmig wie Eichen, zu verkümmern drohte – bis die Großmutter ihm ein erstes Buch schenkte: *Der kleine Prinz.*

In dem fand er alles, was er zum Überleben brauchte: sich und einen Wunschtraum von sich selbst.

Eine Nährflüssigkeit auch und eine Droge. Und Wunder. Und Zärtlichkeit. Und und ... und so war er ein exzessiver Sammler von Büchern geworden wie andere zum Rallyefahrer oder Gärtner werden. Er war schließlich, es hatte für ihn überhaupt keine der vielen phantastischen Alternativen gegeben wie beispielsweise Postbeamter oder Sachbearbeiter beim Finanzamt Köln-Mitte: Buchhändler geworden, dem es freilich um die schönsten Bücher leid tat, die er verkaufte. Immer hatte er ein schlechtes Gewissen dabei, denn als Händler sollte er sie doch auf die Straße schicken wie Huren.

Da er aber ihr Liebhaber blieb und darüber nie Geschäftsmann wurde, ging er schließlich Pleite. Und die Frau verließ ihn.

In dem zwanzigjährigen Dämmerlicht der Ehe hatte er stets geglaubt, sie lebe mit ihm. Doch jetzt sagte sie zum Abschied nicht einmal tschüss. Sie hustete bloß trocken und hässlich und noch immer makellos hellblond und ging. Und da wusste er, dass sie zwanzig Jahre lang ein ganz anderes Leben geführt hatte. Und dass er ein Trottel war, von der Stunde seiner Geburt an dazu verdammt, sein eigenes Glück zu versäumen. Und immer war er, ob mit oder ohne Frau, ob mit oder ohne Buch, allein geblieben. Allein und verlassen. Ein ausgesetztes Kind. Großmutter war tot und *Der kleine Prinz* inzwischen ganz aus der Mode gekommen. Wie Matrosenanzüge. Und Mohrenköpfe.

Das überhaupt war neben dem Tod der Großmutter und dem letzten, hässlichen Husten seiner Frau die bitterste Erfahrung: auch Bücher kommen aus der Mode. Er besaß sie noch und liebte sie, diese ganzen Bücher, aber sie waren schon längst tot. Der Modergeruch von Altpapier. Der feine, zu Hustenanfällen reizende Staub.

Kleefisch dagegen hatte sein Leben nach außen gelebt, gehandelt, gelernt, aufgespürt, verhaftet. Er hatte diesem Wehner mit seinen kaputten Zähnen und seiner giftigen, manche sagten: tief gespaltenen Zunge standgehalten. Er hatte, vergeblich, ganz vergeblich, wie er immer sagte, Polizisten in Peru ausgebildet. Als nebenan über Nacht ein ganzer Staat verschwand, hatte er in Berlin-Treptow ein von allen bösen Geistern verlassenes Kommissariat wieder belebt. Und er hatte viele Frauen, vorzugsweise einfache Frauen: Verkäuferinnen, Serviererinnen, Kioskbetreiberinnen, Kneipengängerinnen auf den Rücken gelegt und manchmal viel zu spät gemerkt, dass eigentlich doch sie es waren, die ihn legten. Er hatte kürzlich erst seine zur winzigen Urne geschrumpfte Mama auf dem Westfriedhof beigesetzt. In der Erinnerung begann er jetzt, die Frau zu lieben, die er als demente Bewohnerin des Altenheimes gefürchtet und vor deren nassen Spinnenküssen er sich geekelt hatte – aber gefunden hatte er sich nicht. Wo war er? Und wo sein eigentliches, das wirkliche Leben? Und der kleine Rest, den er jetzt noch hatte?

Tiefental hatte sein Leben nach innen gelebt, er hatte gelesen und geträumt, er hatte Gefühle auf der Briefwaage gewogen, Papierschätze gepflegt und gehortet wie tote Seelen – und gefunden hatte er sich genauso wenig. Wo war Tiefental? Und wo sein eigentliches, das wirkliche Leben? Und der kleine Rest, den er noch hatte?

Wenn Kleefisch sich jetzt, es war 10:39 Uhr, vorstellte, dass sie ein und derselbe abgegriffene Geldschein waren, der eine bloß die Vorder- und der andere die Rückseite, wurde ihm schlecht. Wieder einmal wusste er, dass er allein war. Und verloren. Und dass sie sich brauchten. Tiefental war wenigstens der Schatten eines Freundes, eine Ahnung davon. Aber Tiefental war ausgerechnet der Typ, den er überhaupt nicht vertrug. Es war alles viel zu kompliziert. Er selbst war eindeutig sein schwerster Fall. Viel schwerer als der Fall Tiefental.

Du willst sie also unbedingt ficken. Und das in deinem Alter sagte Kleefisch jetzt. Es war 10:42 Uhr. Gerade zitterte der Zeiger wieder vor der Sechs.

Hör mal sagte Tiefental entsetzt.

Es ist nicht so einfach, eine hier lebende, junge Inderin zu ficken. »Einfach so« geht da nicht. Du holst dir Vater und Brüder, Onkel und Tanten auf den Hals. Ein ganzes Dorf macht Jagd auf dich. Halb Bombay steht Schlange vor deinem Haus. Und wenn du ihnen nicht gefällst, zünden sie dir die Bude an. Arbeiten mit Gift. Und Säure. Übrigens weißt du, wie Inderinnen urinieren? Hast du das mal gesehen? Ja? Ich frage dich: hast du das jemals gesehen? Wie der Storch, der im Nest steht! Denk nur an Herodot. Diesem Reiseschriftsteller war schon 450 vor Christus aufgefallen, dass der Urin der Frauen am oberen Nil schwarz ist. Und dass sie ihn im Stehen ablassen. Dieser Schlingel sah überall genau hin.

Bist du mein Freund, oder bist du es nicht? sagte Tiefental nur. So versponnen und mimosenhaft, vom Winde verweht und von den toten Seelen seiner Bücher bevölkert Tiefental auch aussah, mit so etwas traf er ins Schwarze.

Nein, bin ich nicht sagte Kleefisch. *Aber ich denk mal drüber nach. Und jetzt geh, meine Arbeit ruft.*

Kleefisch sah ihm hinterher. Nein, dieser Tiefental war nicht einmal der Schatten eines Freundes. Das war ein Fremder. Einer mit sieben Siegeln. Es gab keine Freunde. Alles waren Fremde.

Und plötzlich war er sich völlig unsicher, ob er bloß von seinem Beruf so deformiert war. Ob er nur, wie mit einer neuen Brille, mit dieser ständigen Nüchternheit alles verquer sah. Oder ob ihn dieser Tiefental gerade eben nicht doch mit irgendetwas gelinkt hatte, das ihm völlig entgangen war. Tiefental war nicht bloß ein Fremder. Dieser Tiefental war schließlich auch ein Mann ohne Frau.

Wieder sehnte er sich nach Egbert Poggenpohl. Der kleine, alte, schmächtige, unablässig schreibende, giftige Hypochonder Poggenpohl, der bis vor einem halben Jahr sein Mieter der Dachmansarde in Bickendorf gewesen war und der die Melchiorschänke zur einzigen Kölner Kneipe mit öffentlichem Schreiber gemacht hatte.

Der Wirt Fiddy hatte bis heute nicht verstanden, was für ein Kapital er damit besaß und was er daraus hätte machen können: Eine Kölner Rentnerkneipe mit öffentlichem Schreiber wie in den Märchenstädten des Orients, wo sie neben Schlangenbeschwörern und Märchenerzählern sitzen und zum Dienstantritt auf einem fliegenden Teppich einschweben. Vor den Verwaltungsgebäuden Indiens lauern sie neben Kühen, mageren Rikschafahrern, Affen und heiligen Ratten auf Kundschaft mit dieser tausendjährigen Geduld jener, die sowieso als bengalischer Tiger wiedergeboren werden. Und vor den Gerichten Südamerikas schlagen sie für ein paar Pesos auf zahnlose Remingtons ein und vollbringen wahre Meisterwerke der Schriftkunst, eindeutig nobelpreiswürdig.

Andere Kneipen hier im Viertel suchten damit aufzufallen, dass sie keinen Schnaps ausschenkten. Dass sie dunkel waren wie die Nacht und von Blinden betrieben. Oder dass sie alle naselang vom Gewerbeaufsichtsamt geschlossen wurden, weil die Küche im Lokus dampfte und die Urinsteine des Lokus in der Küche lagen. Weil schon wieder eingebrochen und auf die ermittelnden Beamten geschossen worden war. Weil Kroaten dem serbischen Pächter oder Serben dem kroatischen die ganze Bude geschwärzt hatten, wer schon wollte sich noch in den gehässigen Schluchten des Balkan auskennen. Oder weil sie sich, wie am Gereonswall, am Eigelstein, in der Eintrachtstraße lebende Afrikanerinnen hinstellten statt Flipperautomaten, frische Ware aus dem Kongo, die sie über das nahe Belgien bezogen; und die besten von ihnen verstanden es, ab Mitternacht die über den Tisch rollenden Euro-Münzen mit den Schamlippen abzugreifen. Ausrasiert, versteht sich, sonst hätte das nicht funktioniert.

Die Kneipen in dem Viertel waren so bunt gescheckt wie seine Bewohner. Kleefisch liebte sie trotz des Riffes, das sie inzwischen für ihn darstellten. Und er liebte die Bewohner. Bis auf die paar, die er aus Gründen der Selbstachtung hasste. Weil sie faul waren und verdorben wie altes Fleisch. Weil sie sich für schlau hielten und doch immer von neuem aufs Gesicht fielen. Weil sie zeigten, dass es eine Legende ist, ein Kinderlied, mehr nicht: *schlaf, mein kleiner Prinz, alles ist gut, Mama und Papa haben dich lieb.*

Dieses Viertel, in dessen Melchiorstraße ihn eine Amalie Kleefisch vor 56 Jahren unehelich geboren und allein groß gezogen hatte, war seine Nährflüssigkeit. Wenn er hier am Vormittag ankam, atmete er wie ein Heimkehrer tief ein: er war wieder in der Welt.

Wirklich, dieses Viertel war so vielgestaltig, so abenteuerlich, so gemein und so schön wie die Welt.

In Bickendorf dagegen war er lediglich der Mann, der dort in seinem ererbten Eigentum nächtigte. Sein Häuschen war eine Leiche des schönen Genossenschaftsgedankens aus den 20er Jahren, seine Mutter Amalie, die es ein halbes Leben lang abgestottert hatte, mochte weiter in Frieden ruhen in ihrer engen Konservendose auf dem Westfriedhof. Manchmal, bei seinen Besuchen am Grab glaubte er, sie klopfe mit den Fingerknöcheln von innen gegen die Urne und frage nach dem Häuschen. Winzige, aschige Knöchelchen, mit denen sie schon im Zimmer des Altenheimes gegen die Fensterscheibe gepocht hatte, wenn er ging, ein Sohn auf der Flucht vor dem Alter der Mutter und ihren Fingern wie Spinnenbeine.

Kleefisch wurde jetzt unruhig an seinem Antikimitat. Doch, ihm fehlte dieser Poggenpohl. Die anderen hier, diese dunklen Falter am Tresen verkannten ihn. Seine neuerliche Gedämpftheit schrieben sie einer ersten Weisheit des Alters zu, die bei ihnen selbst nie angeklopft hatte. Tatsächlich aber war es nichts als tiefe Traurigkeit. Ausweglosigkeit auch. Immer wuchs doch der Dreck nach, den er gerade weggeräumt und mit dem er sein Leben ruiniert hatte. Er hatte nichts anderes gelernt. Wie diese unterste Kaste in Indien, Millionen an der Zahl, die täglich die Scheißkübel der anderen leeren. Weil, ein Klo mit Wasserspülung, das ist nun mal der Rolls Royce der Hygiene, wer hat das schon.

Mit Poggenpohl dagegen hatte er schon früh morgens Florett gefochten. So hatte der eine dem anderen gezeigt, dass er ihm wichtig war. Der Hypochonder Poggenpohl vertrug früh nicht den Rauch seines Zigarillo. Ihn dagegen machte der blaue Sakko mit gelber Krawatte wütend, mit der dieser öffentliche Schreiber zur Arbeit zu schreiten gedachte. Affentheater des Dichters. Unwürdiger Greis. *Wenn schon*

Zirkusauftritt, dann sieh wenigstens zu, dass Fiddy dir die Straßenbahn zahlt, der wird doch in ganz Köln berühmt als »Wirt mit öffentlichem Clown«, hatte er ihm hinterhergerufen, wenn er zur Straßenbahn ging, Linie 4, Haltestelle Akazienweg.

Abends dann hatten sie bei einem letzten Rotwein zusammen gesessen und sich erzählt. Von den ganzen Menschen des Tages. Auch hier hatten sie gestritten, das ja. Aber dann waren sie sich auch wieder einig gewesen. Keiner hatte es dem anderen gesagt, aber so war es: sie hatten voneinander gelernt. Als seien sie wieder jung. Der eine hatte dem anderen seinen Husten vorgeworfen, Lungenkrebs des Rauchers, der andere dem einen die weißen Socken, Affentheater des Dichters. Sie hatten sich über ihre Brillen hinweg scharf und vernichtend gemustert und doch genau gewusst, was sie aneinander hatten. Wenn sie sich so scharf musterten, wussten sie, dass sie sich brauchten. Sich irgendwie liebten. Was keinem je über die Zunge käme. Und sie wussten, dass sie beide die Geschichten der Menschen liebten, die sie sich gerade erzählten.

Dieser Poggenpohl fehlte ihm, seitdem ihn ein erster kleiner Schlaganfall in ein weit entferntes Altenheim des südlichen Niedersachsen geweht hatte: Hann.Münden. Ein Städtchen, das in mittelalterlichem Fachwerk vor sich hin schlief und jetzt seinen einzigen, nie zugegebenen Freund umschloss, als sei er bloß ein Traum gewesen.

3

Und du kennst wirklich nicht diesen Fernsehcomic »Die zwei hässlichen Tassen«?

Nein.

Also im Bild nichts als zwei Kaffeetassen. Aufgemalte, eierförmige Augen. Die Münder schwer beleidigte, bittere Striche. Sagt die eine hässliche Tasse zur anderen hässlichen Tasse mit ihrer nöhlenden, giftigen, aber stets hellwachen, nämlich sehr intelligenten Stimme: »Du bist immer zweimal mehr Arschloch als ich.«

Ja und? fragte Kleefisch gereizt in sein Handy.

Ja und, ja und wiederholte Poggenpohl in sein staubgraues Telefon, genormt nach den Leitsätzen der evangelischen Landeskirche Niedersachsen zur Aufstellung und Inbetriebnahme von Geräten der Telekommunikation in Altenheimen, Kindergärten, sonstigen sozialen Einrichtungen der geistigen und/oder körperlichen Behinderung: *denk mal darüber nach.*

Affe sagte Kleefisch.

Selbst sagte Poggenpohl. *Und jetzt mal tief im Ernst. Wenn du diesem Mann in seiner Liebesnot nicht hilfst, bist du bei mir unten durch. Dann brauchst du dich auch nicht mehr scheinheilig erkundigen, wie es mir hier in Zimmer Nr. 9 geht. Und ob ich mich schon mit der 78jährigen Nachbarin verlobt habe. Dann hast du nämlich überhaupt keinen mehr, mit dem du reden kannst.*

In meinem Beruf ist man immer allein. Das bekommt mir durchaus.

Aus Vereinsamung hast du gesoffen wie ein Flusspferd. Und das Saufen hat dich noch einsamer gemacht. Tief unten im Schacht warst du. Tote Hose, toter Mann.

Na ja.

Also hilf ihm. Er braucht das.

Ich bin doch keiner, der ihm Frauen zuführt. Und was will diese alte Mimose mit einer jungen Inderin! – Außerdem hab ich keine Zeit. Ich muss mich um neun erschossene Türken kümmern, verstehst du, neun, erschossen in Schlüchtern, Nürnberg, Hamburg, München, Rostock, Dortmund, alle mit derselben Waffe.

Seit wann kümmern sich deutsche Kommissare um erschossene Türken?

Propagandastunde Poggenpohl sagte Kleefisch.

Und da es immer derselbe Revolver war, wird der Fall doch einfach sein.

Pistole.

Wie?

Die Waffe ist kein Revolver, das ist eine Pistole. »Ceska« 7,65 mm.

Mir doch egal. Mich trifft's nicht, ich bin kein Türke sagte Poggenpohl. *Seit dem 3. November 1922, dem Tag der schwierigen Geburt, die ich war, ist noch nie auf mich geschossen worden. Weder mit Pistole noch Revolver. Dafür verfolgen mich jetzt die Frauen hier im Heim. Die hecheln wie Jagdhunde hinter mir her. Wenn ich mir auf der Flucht, auf dem Gang oder der Treppe das Genick breche, sind diese Frauen dran Schuld. Erschreckend, wie die von ihren sexuellen Erinnerungen getrieben werden.*

Versteht sich sagte Kleefisch. *Du wirst nicht an deinem nächsten Schlaganfall sterben, sondern an den vielen Frauen.*

Dir ist es noch nie bekommen, geistreich sein zu wollen sagte Poggenpohl. *Du verkrampfst. Die Folge sind Geschwüre am Zwölffingerdarm. Schnell beißt sich der Darmkrebs fest, und schon bist du futsch. Vorsorglich weise ich dich auf die Schmerzen hin: die sind gerade bei dieser Krebsart fürchterlich.*

Danke sagte Kleefisch.

Bitte sagte Poggenpohl. *Und jetzt wieder mal Ernst. Dieser Günther Tiefental mit seinem Haus voller Bücher ist natürlich einer aus meiner Zunft. Etwas verklemmt, das ja, aber ansonsten, im Gegensatz zu dir, ein schwer belesener Mann.*

Als öffentlicher Schreiber der Melchiorschänke habe ich ihm in zwei Fällen zu helfen versucht. Erst ging es um eine schöne, allerdings etwas füllige Witwe, dann um eine Buchhändlerin von Thalia in Köln-Chorweiler. Aber nichts da. Ich lief zu Hochform auf. Schrieb mir mit Liebesbriefen die Finger wund. Die schöne Witwe winkte schließlich entrüstet ab, als es an ihr Eingemachtes ging, und die Buchhändlerin tat immer so, als sei sie Ordensschwester: mal lüstern und schwankend, dann aber doch wieder fest im Herrn. Ich schrieb gegen die Wand. Einer meiner seltenen, völligen Misserfolge. Und Tiefental litt wie ein Hund. Der Mann ist fertig, so ganz ohne Frau.

Eine Mimose. Ein Buchhändler sagte Kleefisch

Ein guter, belesener Mann. Ich habe ihn in seinem Haus in Köln-Longerich besucht. Mir die Installation angesehen in den beiden Zimmern, die früher seine Frau bewohnt hat.

Welche Installation?

Eben eine Installation, Kleefisch. Ich weiß ja, für dich ist eine Installation ein Klo, das der Klempner mit vier Schrauben auf den Bodenfliesen deines Bades so befestigt, dass die Silberfischchen nichts mehr zu lachen haben. Oder allenfalls denkst du noch an etwas für Sadomaso. Aber in meinen Kreisen ist eine Installation ein komplexes Kunstwerk. Das beschreibt man nicht am Telefon, das beschädigt man damit nur. Wie Rembrandt und Leonardo, Rafael und Rubens. Aber sowas geht natürlich an dir vorbei. Es ist ein gelungenes Kunstwerk, es gehört ausgestellt. Im Kölner Kunstverein, im Museum Ludwig, in diesem Moma in New York, im Guggenheim, was weiß ich.

Ich wusste nicht, dass Tiefental es mit der Kunst hat.

Was weißt du schon. Kernstück dieser Installation jedenfalls ist ein Kinderwagen. Und aus dem dringt der Schmerz der ganzen Welt. Die Einsamkeit eines Mannes. Und die eines Landes ohne Kinder noch dazu. Weißt du überhaupt, dass wir aussterben, Kleefisch? Wir bleiben ganz ohne Kinder. Ebbe. Nur Muslime ziehen dann noch in Scharen durch Köln. Der Alte einen Schritt voraus, die Frau im Zementsack hinterher. Und hier durchs Weserbergland stromern verwilderte Schafe, die gelegentlich von Wölfen aus Polen gerissen werden.

Seit gestern höre ich immer wieder Kinderwagen. Das macht mich stutzig.

Siehst du, Kleefisch, genauso fängt das Nachdenken an sagte Poggenpohl. *Also hilfst du ihm nun mit dieser Inderin, die aussehen soll wie eine Königskirsche?*

4

In diesem dicht besiedelten Viertel zwischen Eigelstein und Agneskirche, Alter Feuerwache und Riehler Straße gehen natürlich zuweilen Bewohner unauffällig verloren. So die greise Melanie S., die in ihrer Mansarde erstochen wurde und auf deren Leiche erst nach sieben Wochen eine Ameisenspur aufmerksam machte.

Aber auch ganze Wohngemeinschaften sind plötzlich nicht mehr da, als seien dieser jungen, noch unentschiedenen Brut über Nacht die Flügel von Fledermäusen gewachsen: einer dieser für die Älteren unhörbaren Ultraschall-Schreie, die wohl von Ferne und Traum künden, und schon sind sie weg.

Oder neuerdings die vielen Afrikaner. Einer schwärzer als der andere. Und die eine noch schwangerer und noch ebenholziger und schöner als jene zuvor. Kurz bevor der Wagen des Ausländeramtes in die Straße biegt, beugen die sich übers Handy und stieben auch schon davon, als seien sie immer bloß der Rauch einer offenen Kochstelle gewesen in einem dieser zahllosen Länder, aus denen der Flickenteppich Afrika besteht.

Wirklich, alles ist so beweglich geworden, dass selbst Mehmet Kayoglu, Obst und Gemüse, Schafskäse, Oliven, bald zur verlässlichen, heimischen Größe werden wird. Wenn er nur nicht diese schwarzen Zähne hätte. Und diese dicke, alte Frau. Und diese dreizehnjährige, gefährlich schöne Tochter, scharf wie ein Rettich, und ganz mühelos, mit einem kleinen Lächeln nur macht sie den Vater zum Knecht. Nichts für ungut, und natürlich überhaupt nichts gegen Türken, aber der wird wohl mit ihr schlafen. So gesehen, bei diesem katastrophalen Ausmaß ihrer Schönheit, hat der Mann gar keine andere Wahl.

Wer dagegen auf der Neusser Straße lebt, ist auf der sicheren Seite. Viele hier kennen sich wenigstens vom Sehen. Und wer dabei auch nur geringfügig auffällt -

> irgendein Zeichen, das auf ein Leben schließen lässt, welches dem eigenen Leben den Atem verschlägt: der Pferdeschwanz dieses Einhandseglers etwa, der es bis nach Brasilien geschafft haben soll; dieser vermeintliche Lottogewinner, der sich täglich in seinen Messerschmitt-Kabinenroller von 1953 faltet wie sein eigener Geldschein; dieser spanische Maler, der bis mittag im Zoo die Giftspinnen und Schmetterlinge versorgt und dann wie ein Besessener pinselt, völlig unverständlich, gar nicht anzusehen und wahrscheinlich topgenial; die frühere Hure *Pantöffelchen*, die sich mit ihren verschiedenfarbigen Augen von der Straße in die Ehe mit einem portugiesischen Fußballer (FC Porto) gerettet hat: der Blick aus dem linken Auge schweift über dich hinweg wie der eines Engels, himmlisch blau, wunderschön entrückt, eine Ahnung von Sphärenklang und Manna. Aber das rechte, braune Auge taxiert dich noch immer schnell und hart, ja klopft dich ab wie eine Wespe. Es macht dich zu dem eiligen Freier, der du früher auf dem Eigelstein gewesen wärest –

der schwimmt auf der Straße wie ein roter Korken. Unbemerkt geht so einer nicht unter. Selbst dann nicht, wenn von unten schon der Tod an ihm nibbelt und ihn, ruckzuck, runterzuziehen sucht.

Zu diesen Auffälligen gehört Lothar Dombrowsky. Der schreitet täglich wenigstens ein halbes Dutzend Mal die Straße ab, hier hoch, da runter. Er schreitet wirklich, er geht nicht nur. Manche nennen ihn *Der Schmelz*, andere, die sich zusammen mit ihrer ersten Liebe eine Erinnerung an früher bewahrt haben: *Richard Tauber.*

Dieser Dombrowsky ist eine stattliche Erscheinung, groß, breit, gepflegt, übergewichtig, stets natürlich gebräunt von den vielen Stunden, die er im Ebertpark zubringt, wo er, scheinbar ganz in sich ruhend, wie die Spinne im Netz sitzt.

Tatsächlich wartet er auf Beute. Das sind die älteren Damen des Viertels, die Matronen und Witwen, die ihren überfütterten Beagle ausführen, dessen Bauch auf dem Boden schleift. Hat sich eine in seinem Netz verfangen und mit einem kleinen Seufzer neben ihm auf der Bank niedergelassen, beginnt Lothar mit schöner, melodiöser, variantenreicher Stimme zu reden, deswegen heißt er *Schmelz.*

Gern erzählt er von früher. Als er jung war und schön, wenn auch noch nicht stattlich. Als er liebte, immer wieder neu liebte. Jetzt dagegen ist er bloß noch stattlich. Und schon protestiert die Matrone neben ihm auf der Bank, die auf den plätschernden Wellen seiner Stimme in ihre eigene Jugend zurück getrieben ist, als sie selbst schön war wie ein Ölbild, und nackt wirkte sie wie die Statue der Diana im Park.

Laut protestiert sie hier, denn längst hat sie Richard Taubers *Dein ist mein ganzes Herz* im Ohr, und so fängt manche seiner Erfolgsgeschichten an. Wenn er Glück hat. Denn natürlich ist keine der Frauen ahnungslos. Es sind erfahrene Frauen und Frauen des Viertels. Und sie lassen sich, wenn er überhaupt Glück hat, nur vorsichtig auf ihn ein und so wie sie gelegentlich in der Innenstadt, im *Café Reichard* oder im *Café Eigel* mit zwei Fingern einen Florentiner vom Teller nehmen. Zunächst brechen sie eine sehr kleine Ecke heraus. So klein, dass sie sie ganz hinten auf einen überkronten Backenzahn schieben können, wodurch das Gebiss nicht verrutscht. Dort hinten zermalmen sie dann Stück für Stück ihren Florentiner, krachend und genüsslich, befreit und gierig. Als sei es ein Mann.

So arbeitet Lothar Dombrowsky, dem der Kommissar Johannes B. Kleefisch einundzwanzig Monate Knast verschafft hat wegen eines Falles von Heiratsschwindel und wegen Kreditbetruges in drei Fällen. Seitdem ist er fast ganz sauber. Er lebt von einer kleinen Rente und diesen gelegentlichen, nicht versteuerten Nebeneinnahmen, die er als *Richard Tauber* oder als *Schmelz* erzielt.

Also erzähl. Was ist das für eine, diese Inderin mit Puppe im Kinderwagen. Drogen?

Inzwischen arbeiten Herr Kommissar ja auf eigene Rechnung.

Ist für einen Freund. Also mach es gratis.

Ich kenne leider eine ganze Menge von euch. Ihr habt keine Freunde.

Wieviel?

Hundert.

Dreißig sagte Kleefisch.

Achtzig sagte Dombrowsky.

Fünfunddreißig sagte Kleefisch.

Also gut, wenn ich den Herrn Kommissar nicht auch noch dafür duzen muss sagte Dombrowsky. Er blickte seine Gesprächspartner selten an. Auch jetzt sah er über die Wiese, auf der ein dicker, glatzköpfiger Vater seinem Mischlingshund das Apportieren beizubringen suchte, vergeblich. Seine kleine Tochter stand daneben. Der Mann wurde von Mal zu Mal wütender. Kleefisch beobachtete ihn eine Weile. Dieser Vater schien zu überlegen, wen er jetzt als ersten vermöbeln sollte: den Hund, der nicht apportierte, oder die Tochter, die sich inzwischen weder für Hund noch Papa interessierte.

Dombrowsky sah weit in die Ferne, das hatte er geübt. So füllten sich seine Augen mit Nachdenklichkeit. Er hatte große und dunkle, schöne Augen, und wenn sie sich mit Bedeutung füllten, wurden sie noch schöner. Er wusste, dass sie inzwischen das einzig Schöne an ihm waren. Der Rest war wirklich nur stattlich.

Selbst auf der Neusser Straße sah er über alle hinweg. Über die Männer sowieso, aber auch über die Frauen. Kleefisch hatte sich oft gefragt, wie er das schaffte. Er wusste, dass Dombrowsky dabei jeden Passanten genau registrierte und einschätzte, schließlich war es sein Revier. Außerdem musste er auf der Hut sein vor ein paar späten Gläubigern und vor den jugendlichen Lümmeln, jungen Türken vor allem, die ihn kannten und durchschaut hatten und ihm mit einer Rempelei die ganze Würde und Sicherheit eines Tages versauen konnten. Und er taxierte doch genauestens die Frauen, alle, von den kaum erst flugfähigen Jungvögeln bis zu den schwerfälligen Matronen, die sich alle fünfzig Meter im Schatten eines Schwätzchens ausruhten. Und wenn sie zwischendurch ganz außer Atem gerieten, taten sie so, als hätten sie in einem Schaufenster etwas sehr Wichtiges entdeckt.

Es musste seine Nase sein. Dombrowsky hatte die Nase eines Jagdhundes. Mit der nahm er den für ihn wenig interessanten, an heißen Tagen oft unerträglich sauren Geruch der Männer wahr. Die warnte ihn vor dem Gel, den Sonnenbänken, den Körperölen, der Angriffslust der Jungtürken. Und diese Nase zog ihn auch von weitem schon zum Duft der Frauen.

Im Sommer leuchtete Kleefisch das ein. Wenn ihr nacktes Fleisch die Feromone von Schmetterlingsweibchen verströmt, war auch er schon mitten auf der Neusser Straße umgedreht. Erregt hatte er den Duft eingesogen und war der Geruchsspur gefolgt, wirre, strafbewehrte Phantasien im Kopf und das Herz schwer von Jahren, ach Jahrzehnten. Aber was macht so ein Dombrowsky in unseren elenden Wintern, in denen auch die Frauen geschlossen sind wie Schränke? Während des tagelangen Regens in der Kölner Bucht? Diese Frage hatte der Kommissar Kleefisch während seiner aktiven Zeit nicht gelöst. Jetzt war er im zwangsweisen Ruhestand, und er hatte noch immer keine Antwort darauf. Selbst dieser Dombrowsky war ein Rätsel geblieben.

Also? Erzähl.

Sie hat sich mit der dicken Özdamar angefreundet, wohnt auch über der. Ein Zimmer mit Kochnische und Klo, möbliert.

Die Türkenhure vom Gereonswall?

Genau.

Aber sie selbst –

Gott bewahre sagte Dombrowsky. *Sie ist schön wie die Rose, die sie auf der Wange hat. Aber lebt wie eine Nonne. Oder wie man das in Indien nennt.*

Und?

Nichts und. Für fünfunddreißig weiß ich nicht mehr.

Schmelz, ein Anruf, und du hast wieder alle im Nacken. Angefangen bei der Steuerfahndung.

Ich bin Rentner, mir kann keiner.

Du lebst von Nebeneinkünften, die du nicht angibst.

Und Dombrowsky erzählte. Kleefisch kannte dieses Phänomen und genoss es jedes Mal. Auch er war schließlich mit dem Schmelz des Tenors Richard Tauber aufgewachsen. Erst die Phase, da Zärtlichkeit und brennendes Verlangen von Aprikosenmarmelade gestillt wurden, und dann hatte er seiner ersten, noch keuschen Freundin (Fingerspiel ja, Vögeln nein, egal wie ihn die Hoden schmerzten) beim Wunschkonzert im Stadtgarten *Dein ist mein ganzes Herz* bestellt, das kostete stramme 5 Mark.

Dombrowsky trieb jetzt auf den Wellen seiner eigenen, schönen Stimme nach Indien davon. Er liebte seine Stimme. Wie die einer Frau, die ein Mann war. *Ich habe noch nie einen Hermaphroditen geliebt, warum nur muss alles so strikt getrennt sein, hier die Männer, da die Frauen* dachte er oft laut vor sich hin, wenn er seine eigene schöne Stimme eine Weile im Ohr gehabt hatte wie die eines anderen. *Diese Sache mit den Würmern ist auch nicht schlecht. Vorne Weibchen, hinten Männchen. Daran stört mich nur, dass es Würmer sind.*

Das warme Geplätscher dieser Stimme machte Kleefisch weich und nachdenklich, als säße er nach einem langen Tag in der Badewanne. Und außerdem wusste er, dass Dombrowsky seiner eigenen Stimme hinterher war wie der Hund dem Schwanz. Aus Liebe zu ihr erzählte er alles. Das hatte ihm schließlich die 21 Monate eingebracht. Und Kleefisch musste sich bei dem Verhör damals nicht im Geringsten anstrengen.

Plätschernd und warm, wohltönend und selbstverliebt reiste jetzt Lothar Dombrowsky, der nie über Aachen im Westen und Krefeld im Norden rausgekommen war, genau dorthin, wo der zu seiner Zeit wirklich überragende Navigator Christophorus Columbus nie gelandet war: nach Indien. Westküste. Bombay. Nennen die jetzt Mumbai, sagte er. Die streiten sich immer noch darum. Inder streiten sich noch im Grab, sagte er. Wegen der ganzen Sprachen und der vielen Götter. Am Ende vom Lied stehen ganze Straßenzüge in Flammen, Leichen zu Hauf, zerstörte Tempel, damit du's weißt, so ist das dort, sagte er. Wenn Dombrowsky mit seiner schönen

Stimme in Fahrt war, wusste er alles, und nur er wusste es ganz genau.

Diese Wohnblocks heißen schowl, sagte er. Er wiederholte das Wort, lauschte ihm hinterher, ein schönes Wort für seine Stimme, rund und vollgestopft, voller sehr strenger Gerüche, *und natürlich ein Heidenlärm. Ein Lärm von Heiden* sagte er, *obwohl in diesem schowl nur Moslems leben. Denn Taslima ist die Tochter eines Taxifahrers, der Moslem ist. Der hat fünf Kinder gezeugt, die sind sicher, die leben mit Taslima in dem schowl, und vier oder fünf Kinder mehr, die leben in anderen Teilen dieser Riesenstadt, von der nicht einmal sicher ist, wie lange sie Mumbai heißen wird. Kannst du mir soweit folgen?*

Soweit ja. Aber diese vollgestopften Blocks heißen chawl, *nicht* schowl.

Deine ewige Rechthaberei sagte Dombrowsky. *Auch deswegen hast du keinen Freund.* Aber dann segelte er doch schnell weiter, er lag voll im Wind, kreuzte jetzt wenige Häuserblocks weiter auf der Pedder Road in Bombay oder Mumbai, warf rasselnd Anker vor einem kleinen Laden, in dem sonnenverblichene Gesundheitskissen, orthopädisches Schuhwerk, künstliche Glieder, eine plumpe, vierrädrige Gehhilfe ausgestellt waren: ein kleiner, staubiger Laden, der Krüppel mit handgeschnitzten Hilfen versorgte, aber der Besitzer war mit dem kleinen Laden hier ein großer Mann. Ein Hindu unter Hindus, der außerdem den Sohn Salman hatte. Und Salman war ein schöner Sohn und sollte Arzt werden und ein noch viel größerer Mann als der Vater, der doch mit seinem kleinen Laden auch schon groß war, größer jedenfalls als die meisten Moslems.

Und der Teufel der Moslems natürlich wollte es, dass sich Taslima und Salman begegneten, und es war Liebe auf den ersten Blick.

Der Vater schäumte. Die Familie rüstete sich zum Krieg. Hindu gegen Moslem. Der Vater rief Hilfe herbei, ein Onkel aus der Provinz, hier unbekannt, der mit Schwefelsäure bewaffnet wurde, um Taslimas Gesicht zu zerstören. Eine der Frauen ohne Gesicht sollte sie sein, in dem hintersten Winkel ihres *schowl* oder *chawl* leben, nichts weiter, versteckt und tot vor Scham mit diesem von der Säure zerfressenen Gesicht.

Der Onkel spritzte auch, aber es war ein alter Onkel, und dem zitterte die Hand. Einzig die Wange wurde verunstaltet dort, wo jetzt die Rose blüht. Und die Liebe hielt. Die beiden flüchteten wie bei Shakespeare, *diesem verstorbenen irischen Dichter, du verstehst* sagte Dombrowsky, *diesem da mit dem vielen Whiskey und der kaputten Leber.*

Ich weiß ungefähr, wen du meinst sagte Kleefisch.

Über Frankfurt kamen sie nach Köln. Und hier staunte der junge Salman über die Ruhe und die vielen Mercedesse. Und die Züge mit Sitzplatz. Weder Menschen fressende Tiger in den Dörfern noch böse gewordene Elefanten auf den Gleisen. Und unaufhörlich Wasser und Strom und sogar Gas. Und dass jeder jeden lieben kann, wenn er bloß will. Und wurde ganz wild vor Staunen und Verlangen. Und stellte fest, dass seine Liebe nur noch Trotz gewesen war und Wut. Und dass Trotz und Wut gar keine Liebe sind. Und verliebte sich schnell wie der Blitz in eine Apothekerin am Wiener Platz, die verrückt war nach seiner getönten Haut. Und auch, na ja, weil er so kräftig pissen konnte wie ein Pferd.

Sie war nämlich eine von denen, die Goldregen lieben. Die ließ ihn nicht mehr los. Und Taslima mit ihrer zerstörten Wange saß hier, möbliert über der Özdamar, türkische Hure am Gereonswall, 50 Euro, 70 auch mit dem Mund, du kennst sie ja ...

... und hier saßen sie, der Kommissar und der Witwentröster, der von Wind und Sonne des Ebertparkes gebräunte König der Matronen Dombrowsky und der frisch entzogene, von der Frau verlassene Trinker Kleefisch, zwei alt gewordene Männer, die wieder Jugendliche geworden waren und im Kopf und im Herzen, in der Hose, auf der Haut, mit allen Poren ihrer Haut, ja mit allen ihren Sinnesnerven den Reiz einer jungen Inderin wahrnahmen, ihren glatten, leicht gebräunten, fremde, sicher kostbare Essenzen und scharfe, unbekannte Gewürze absondernden Körper, ihre Lieblichkeit, ihre perlweißen Zähne, die Rose auf der rechten Wange, die kleinen, festen Brüste mit den großen Höfen, die enge Scham einer jungen Frau, die noch nicht geboren hat, die rötlich-braune Rosette ihres Afters, die nur eine Steigerung aller Reize ihrer braunen Haut ist, ein Strudel, der sie einsaugt und verschlingt, und wenig fehlte jetzt, dass der eine dem anderen den Arm um die Schulter gelegt hätte wie einem Bruder.

Scheiße sagte Kleefisch da. *So ein Leben hat sie nicht verdient.*

Stimmt sagte Dombrowsky, *das mit den Frauen und den Männern ist eben große Scheiße. Noch so eine schlechte Erfindung von dem da oben.*

Sieh mal hier sagte er noch. Er hatte jetzt, am Ende seiner großen Reise nach Indien, die Beine anders übereinander geschlagen, die makellose Bügelfalte zurechtgezupft und dabei einen noch sehr kleinen Marienkäfer entdeckt.

Den behalt ich mir. Bringt Glück. Den zieh ich mir groß.

Manchmal, oft, meistens war Dombrowsky, der erfahrene Heiratsschwindler und ausgebuffte Kreditbetrüger, ein riesengroßes, stattliches Kind.

5

Seit wann hast du diese scheußliche Warze auf der Nase?

Ist bloß ein Mitesser.

Solltest du mal wegmachen lassen. Ansonsten bist du sauber?

Ich habe nicht als Freier bei dir geklingelt.

Du nimmst mir aber Kundschaft.

Ich will was über Taslima wissen, die Inderin mit der Rose auf der Backe.

Ein Engel. Die ist nichts für dich. - Komm endlich rein. Einer mit deinem Beruf vor der Tür zieht bloß die Fliegen an. Tee?

Neuerdings immer sagte Kleefisch. *Könnte es übrigens sein, dass Verehrteste schon wieder ein paar Kilo zugelegt haben?*

Es ist schon ein Kreuz mit dem Gewicht. Meine Leute lieben das. Einer guten Hure wollen sie den Daumen in den Nacken drücken können. Wenn die Delle so tief bleibt wie der Daumen dick ist, dann ist sie fett genug. So sind die. Sie haben nichts gelernt in den ganzen Jahren.

Die Älteren. Die mit Pluderhose und Weste.

Meine Tochter schimpft. Mama, wie siehst du bloß aus. Du passt nicht ins Auto. Weil, jetzt ist sie mit einem in Düsseldorf zusammen, der mit gebrauchten Porsches handelt. Mit so einer Sardinenbüchse von Porsche fährt sie hier vor, und ich soll mich reinsetzen. Geht doch gar nicht. Soll ich mit Schuhlöffel einsteigen? Und wie dann wieder raus?

Sie holte Tee, goss ihn aus der Höhe schäumend und schon gezuckert, nach Basar und Pfefferminze duftend, nach Datteln auch und Lagerfeuer in kleine Gläser mit Goldrand ein. Dabei stieg ihr das kurze Kleid übers Schambein. Sie verdeckte ihr Geschlecht mit der Linken. Kleefisch war kein Freier, also kriegte er auch nichts zu sehen. Auf der Liege schlug sie die Beine übereinander, noch immer schöne, schlanke Beine. Darüber lud der Körper gewaltig aus, das Becken, der Bauch, die Brüste. Dann ein kleines, faltenloses, gut geschnittenes Gesicht mit schmalem Mund und schwarzen, sehr aufmerksamen, erfahrenen Augen.

Wer wollte, konnte in ihrem Körper abtauchen, sich verlieren. Aber wie er sich weiter unten auch abstrampelte, immer hing er dabei an der Angel ihrer Augen, das war wichtig. So war sie selbst nie untergegangen, sie verstand sich zu wehren. Immer hatte sie allein gearbeitet. Nur einmal eine Geschichte mit Messer, eine Wunde an der Brust, die genäht werden musste und bis heute bei Wetterumschwung zieht.

Als sie ein Kind wollte, hatte sie nach einem Erzeuger gegriffen wie in den Küchenschrank nach einem Topflappen. Jetzt war das Kind eine Frau und fuhr Porsche. Zwar solche mit roten Schildern, die nur drei Tage gültig sind, aber Porsche. Wenn diese Tochter länger nicht kam und auch nicht anrief, fragte sie sich, was das Ganze gebracht hatte. Nichts. Es hatte rein gar nichts gebracht. Sie hatte bloß ihren Kopf durchgesetzt: ein Kind. Wenn die Tochter wieder 5 cm gewachsen war, machte sie einen weiteren Strich an der Wand, das waren 5 cm ihres erfüllten Willens. Die Tochter war ihr Wille und der Beweis für ihre Kraft. So würde sie weitermachen bis zum Schluss. Für eine alte Hure gibt es keinen guten Abgang. Am Ende ein wenig Sonne irgendwo, vielleicht etwas Meer, eine blaue Insel am Horizont, Salz auf der Haut und Fischgeruch, dann ist das Ersparte weg und kommt der Leichenwagen, der wenigstens nicht so eng ist wie diese Sardinenbüchsen von Porsche. So ist das mit diesem Beruf. Den Kindern. Dem Alter. Und dem Sinn vons Ganze.

Ihre Wohnung am Gereonswall lag im Erdgeschoss. Lange Zeit war sie die einzige Hure der Innenstadt Nord, die an schönen Tagen füllig, rosafarben und duftend auf Kundenfang im Fenster lag und nur gelegentlich und dann sehr leise, wie die Frauen in Amsterdam, mit der Zunge schnalzte. Oder sie gurrte ein klein wenig, wie jemand Hühner lockt und wie die Frauen in Indien, Asien, die auf diese Art ganze Stadtteile beschallen, eine armselige, aber gewaltige Levitation: das Viertel der Huren hebt sich summend und gurrend und treibt als Geräuschwolke der Lasterhaftigkeit über die ganze Stadt, die gerade den Rücken zum Freitagsgebet beugt.

Weder die anderen Mieter noch die Hausverwaltung hatten das je beanstandet. Nicht die Doppelstreife der Grünen, die an solch warmen Tagen Schweißflecken im Hemd hatten und umsichtig schon ein paar Häuser vor ihr auf die andere Straßenseite wechselten. Selbst der Diener des erzbischöflichen Generalvikariates aus der nahen Marzellenstraße huschte, ganz in Schwarz, scheinbar verloren in einem biblischen Gleichnis, eilig an ihr vorbei.

Da war ihr klar geworden, dass sie nicht bloß eine Liebesdienerin war, sie diente auch der Stadt. Der Außenwerbung der Stadt Köln. Dem Fremdenverkehrsamt am Dom. Ja selbst den Herzen der dort regelmäßig knieenden Gläubigen diente sie doch, weil sie so, rosafarben im Fenster liegend und nur gelegentlich leise schnalzend oder gurrend wie ein heiserer Vogel, alle diese trocken laufenden katholischen Männerherzen in Wallung hielt. Sie lag, füllig und rosafarben, wie eine ganz freie Frau im Fenster. Eine riesige, blitzblank polierte, leuchtende türkische Paprika.

Diese Illusion ließ ihr die Stadt. Solange sie überwiegend Türken bediente und die Türkenhure war, diente sie der Stadt als Ausweis rheinischer Toleranz. Selbst das Falkenauge des nahen Kardinal Erzbischofs, der doch, ganz in Rot, frisch gebügelt und gestärkt, aus der Höhe alles sah, hatte hier seinen blinden Fleck. Eigentlich, hatte sie gelegentlich gedacht, müsste sie auf Festanstellung klagen bei der Stadt Köln oder dem erzbischöflichen Generalvikariat. Auch das hatte sie eines Nachts diesem Kleefisch erzählt. Der hatte in der Melchiorschänke seinen Schreiber angestoßen, diesen Poggenpohl. Der wiederum hatte etwas aufgesetzt für den Oberbürgermeister, was dann aber im Hochwasser des nächsten Karnevals untergegangen war.

Außerdem war diese Geschichte mit der Stadt und ihrer doppelt und dreifach verschlungenen Moral ohnehin eher ein Grund zur Wut. Doch, sie wurde wütend. Auch weil sie sich dazu hergab. Und weil sie so faul war. Zurückhaltend und erfahren. Eigennützig auch und selbstsüchtig. Denn eigentlich hätte sie die Königin aller Huren des Viertels sein können, und derer gab es viele. Frauen, die nur im Schatten der Nacht arbeiteten. Tagsüber versteckten sie ihre Arbeit der Nacht. Schminkten sich die Gesichter von Frauen ganz ohne Arbeit. Ahmten die Verhaltensweisen, den Gang von Ehefrauen nach und benieden insgeheim die Frauen der islamischen Länder, die sich einfach beim Verlassen des Hauses, zack, den Schleier vors wahre Gesicht ziehen, und schon ist auch jede noch so altgediente Hure eine inbrünstig Gläubige, Allah auf den von Herpes gesäumten Lippen und seinen Propheten Mohammed.

Sie hätte etwas tun können mit ihrer Erfahrung, ihrem Willen und ihrer Kraft. Für sich und die anderen. Sie hatte es nicht getan. Sie hatte einzig diese Tochter gehabt, die nur selten noch kam. Und wenn, dann mit Porsche, der ihrer Mutter unter den Armen kniff. Auch deswegen gab es nach wie vor keinen guten Abgang, weder für sie noch für die anderen hier im Viertel. Darauf biss sie herum wie auf einer schlechten Kaffeebohne. Manchmal, nachts, schlug sie im Schlaf gegen die Wand, bis die Knöchel bluteten.

Sie hatte immer noch ein großes und weites, ein schweres Herz. Aber es war auch ein eigensüchtiges Herz. Und deswegen war es in Wirklichkeit ein enges Herz. Und wurde immer enger. Irgendwann würde sie daran sterben. Atemnot. Aber jetzt, wenigstens, war ihr, wie ein zerrupfter Vogel, diese junge Inderin ins Haus geflattert, die noch von nichts eine

Ahnung hatte. Dieses dumme, kleine Stück liebte sogar noch, obwohl schmählich verlassen, so ahnungslos war sie nach wie vor. Während ihr Junge längst eine Kölnerin am Wiener Platz bediente, die im weißen Kittel der Apothekerin auf dem Bepisstwerden stand mit seinem Strahl wie von einem Pferd.

Ich hätte nicht gedacht, dass du mal so einer wirst. Vielleicht kommt es durch diese scheußliche Warze auf der Nase sagte sie.

Ist bloß ein Mitesser. Und was heißt »so einer«?

Du willst der Kleinen doch an die Naht. Bislang bist du immer hinter reifen Frauen her gewesen. Jetzt willst du ganz junges Fleisch. Oder macht dich der Kinderwagen so an? Hast du entdeckt, dass du eigentlich auf Kindern mit Puppe stehst? Oder ist es strikt beruflich, und du verdächtigst meine Kleine, Drogen durchs Viertel zu schieben? Also jetzt hör mal ganz genau zu!

Kleefisch wusste, welche Tonlage jetzt käme und fürchtete sie. Wenn die Özdamar in dieser Tonlage in Fahrt kam, war sie lange nicht aufzuhalten. Ein gewaltiger Schwertfisch, der auf den Haken gebissen hat und im kochenden Wasser des Bosporus um sich schlägt. Die Megäre des Marmarameeres. Die Frau, der jetzt in ihrer Erregung die Augenbrauen zusammenwuchsen, Schweiß bildete sich auf der Oberlippe und glitzerte in dem Anflug von Bart: die Hure Özdamar, die faul war und erfahren und die gelegentlich einen Mann nutzte, um auf ihm alles das abzuladen, was sie beschäftigte und erregte und quälte und was sie aus Faulheit und Schlauheit unerledigt, ja für gewöhnlich auch unausgesprochen ließ, mit schlechtem Gewissen hinnahm, dafür aber nachts sich an der Wand die Knöchel blutig schlug -

und sie begann, darauf war Kleefisch noch gefasst, mit dem Flughafen Köln/Bonn: *denn wenn das Ausländeramt merkt, dass sie gar nicht mehr mit ihrem Mann zusammen ist, diesem Jungen, der pisst wie ein Pferd, oder wenn der sich scheiden lässt, dann wird sie abgeschoben und sitzt gefesselt und geknebelt zwölf Stunden im Flieger nach Bombay, ein Grüner auf ihren Schultern, ein zweiter rittlings auf ihren Schenkeln, damit es ganz sicher ist, und bei der Landung ist sie nicht bloß schwanger von ihm, sondern blau im Gesicht, denn halb erstickt, und erfährt auf dem Flughafen als erstes, dass ihr Vater, dieser Taxifahrer mit den fünf ordentlichen und den wenigstens vier über die Stadt verstreuten Kindern sie nicht mehr zurücknimmt, denn sie ist ja eine gefallene und nicht nur schwangere sondern auch geschiedene Frau, und dieser Schwiegervater mit seinen Gesundheitskissen und künstlichen Unterarmen und geschnitzten Krücken mietet einen neuen Onkel vom Lande, der ihr ein Messer zwischen die Rippen stoßen soll, damit sie bloß niemandem erzählt, sein Sohn, der große Salman, ist in Köln nicht Arzt geworden, worauf doch alle gespart haben wie die Bienen, sondern bepisst am Wiener Platz eine Apothekerin im weißen Kittel.*

Leg mal lieber das Messer hin sagte Kleefisch, denn sie hatte vom Frühstücksteller ein Besteckmesser in die Rechte genommen mit Spuren von Margarine und Marmelade, Pflaumenmus, korrigierte sich Kleefisch sofort, das war sein Blick fürs Detail, und sie fuchtelte damit rum und stieß in die Luft wie der angemietete Onkel vom Lande zwischen die Rippen stoßen würde –

Welches Messer? rief sie.

Das in deiner Rechten sagte Kleefisch.

Ach Quatsch, sie hat überhaupt keine Rechte, das ist es doch, du Arsch!

Ist ja gut sagte Kleefisch, *jetzt lass mal dein Theater. Propagandastunde Özdamar.*

Propanda... was?

Ich will nur wissen: was ist mit diesem Kinderwagen? Mit dieser Puppe drin?

Eben. Da haben wir's. Du begreifst nicht mal das.

Hat sie denn ein Kind verloren?

Aha, bei dem Herrn wird's hell. Klar. Erst hat ihr dieser Junge gedroht, damit sie sich auch ja von ihm ein Kind machen lässt. Dieser Junge ist so klein, der muss sich als Großer beweisen. Dann hat er gedroht sie zu verlassen, wenn sie's nicht wegmacht. Als es weg war, ist er zu seiner Apothekerin gezogen, um sie vollzupissen wie ein Pferd.

Ja sagte Kleefisch.

Nein sagte sie.

Wie, nein?

Sie fährt nämlich nicht ihren Kinderwagen mit Puppe spazieren, weil ihr das Kind im Herzen stecken geblieben ist.

Aha sagte Kleefisch.

Das begreifst du wieder nicht.

Nein.

Sieh mal, du Arsch sagte sie und legte jetzt endlich das Besteckmesser weg. Wischte sich den Schweiß von der Oberlippe. Nahm sich ein Kissen von der Liege und legte es auf ihre Schenkel, ihre nackte Scham, schließlich saß sie vor einem Mann, der kein Freier war und etwas lernen, eine Erkenntnis haben sollte, wenigstens das: *ich sag dir jetzt mal was, hier unter uns.*

Also gewissermaßen von Frau zu Frau sagte Kleefisch.

Du warst doch wegen irgendeiner Leiche in Peru. Hast du dort in einem Park reihenweise und in großen Mengen Mütter mit Kinderwagen gesehen, die in der Sonne sitzen und sitzen ... und lächeln wie Engel im Urlaub?

Nein sagte Kleefisch. *Manchmal ein Dienstmädchen im weißen Kittel, die durfte so ein teures Kind ausführen. Und wurde bewacht vom Fahrer der Herrschaft, der natürlich bewaffnet war.*

Siehst du, nämlich reihenweise Mütter im Park wie Engel auf Urlaub, so was gibt's in unseren armen Ländern nicht sagte sie. Wieder nahm sie das Messer in die Hand, fuhr mit dem Finger das Blatt entlang, leckte ihn ab. Das half ihr, Schwieriges zu denken und zu sagen. Dann war sie sehr ruhig. Die Wut war weg. Sie hatte einen Mann vor sich, der etwas lernen sollte und der zuhörte, immerhin. Und wieder war sie die Mutter von einst, die Mutterhure, die damals noch junge Türkenhure, die im St.Vinzenz-Krankenhaus eine Tochter mit

3460 Gramm geboren hatte und einem Flaum blonder Haare. Ihr Wille und ihr Stolz. Ihre Eintrittskarte auch in den Kreis der Mütter vom Ebertpark, *und dieser Kinderwagen, mit großen Speichenrädern wie ein altes Auto, hatte schon viel Kundschaft erlebt, wie die alten Sammeltaxis in Istanbul, Dolmus heißen die, damit du das mal weißt* sagte sie.

Weiß ich jetzt sagte Kleefisch.

Mit diesem Dolmus fährt sie jetzt durch den Park.

Wer?

Das Mädchen, das du suchst. Taslima. Mein Kind.

Ist sie da?

Erst abends.

Zeig mir mal den Wagen.

Steht hinten im Flur. Von mir aus steck deine Schnüfflernase rein. Hol noch einen Drogenhund, du wirst nichts finden. Sie ist sauber und wie ein kleines Reh, ein Kind sagte sie. Jemand klopfte ans Fenster, in dem die Özdamar an schönen Tagen lag. Er klopfte schnell und eilig, ein Vogel, der pickt. Weißer Bart, gestrickte Kappe auf dem Kopf. Er sah Kundschaft und zog weiter.

Kleefisch ging sich den Kinderwagen am Ende des Flurs ansehen. Dunkelblau beschichtete Wanne, fleckig und vom Alter gebleicht. Hohe Speichenräder. Eine abgegriffene, mit weißem Isolierband umwickelte Führungsstange. Innen eine

Puppe mit kahlem Kopf: ein abgestelltes, zur Seite gelegtes Spielzeug, nichts weiter.

Zufrieden?

Klar.

Und wieder war sie die Frau, die frisch ihre Eintrittskarte für den Park der Mütter geboren hatte. Hier im Ebertpark saß sie, das alte Sammeltaxi von Kinderwagen vor sich und wiegte ihre 3 Kilo 460 Gramm auf und ab, auf und ab, zwei, drei, ja vier und fünf andere Mütter neben und vor sich, die ebenfalls wiegten und zupften. Und umbetteten. Und ab- und auffüllten. Und an Babyventilen und Kleinkind-Dichtungen herumschraubten. Und immer wieder kleinere Reparaturen vornahmen. Und mit der Regelmäßigkeit eines Leuchtfeuers ein warmes Lächeln absonderten, als seien sie aus dem Himmel geküsst worden. Und dabei stets scharf auf die vielen Hunde achteten, die von weitem schon die Nase hochnahmen und den Duft warmer Haut und den von Brei und frischer oder erst noch zu erwartender Entleerung einsogen.

Und dann, wenn wirklich einmal die Sonne zwischen den ewigen Wolken Kölns herauskam, saßen sie hier still wie auf einer Insel der Glückseligen. Met wurde ihnen gereicht und Manna. Und gebratene Brüstchen junger Flugenten: das waren die Blicke der Passanten, die mit Rührung und Anerkennung zahlten dafür, dass sie ungeschoren und ohne in den Staub zu sinken oder gezüchtigt zu werden, einfach so an ihnen vorbeigehen durften.

Und so waren sie glücklich hier. Wenigstens so lange die Sonne schien und sich auch keine gehässig und überfordert über die andere hermachte, sagte sie jetzt, *denn wir alle wussten doch ganz genau, dass es nur ein geliehenes Glück war, ja ein vorgetäuschtes und verlogenes, dass es genau dieses Loch im Tag war, das uns zugestanden wurde, und dass wir nachher genau wieder in das ganze Elend von Frauen fallen würden, die geboren haben, obwohl sie pleite sind und eigentlich gar kein Geld dafür locker machen können in einem Land, das so teuer ist und in dem die Deutschen deswegen so schlau sind auszusterben.*

Und Taslima sieht eben nur das, dieses Glück. Diese Insel. Sie ist noch ganz ahnungslos und sieht nur diese Insel der glücklichen Mütter, die längst wissen, dass sie von allen betrogen werden. Aber wehe, du sprichst das aus. Die grausamsten von allen sind dann die jungen Mütter: sie fallen über dich her wie die Raben über ein vereinzeltes, hinkendes Schaf.

Na na sagte Kleefisch.

Ja sagte die Özdamar. *Und jetzt verrat mir endlich, was du wirklich von ihr willst.*

Ich habe einen Freund, der hat sie gesehen. Und sich in ihren bloßen Anblick verliebt.

Also das wär mir schon Recht sagte sie sehr langsam. *Wenn es nicht auch bloß so ein Feger ist wie du. Und etwas jünger dürfte er schon sein. Hat er denn ordentlich was an der Backe? Schreib mir seine Nummer auf, ich kümmere mich um mein Kind.*

6

In Köln-Longerich, Rambouxstraße, hatte die Post Ende der 50er für ihre damals noch verbeamteten Mitarbeiter schmale Reihenhäuser gebaut. Auch für Tiefentals Vater, der schon als Postjungbote, den Ablauf seines ganzen Lebens fest im Blick, begonnen hatte auf Eigentum zu sparen.

Und wirklich, kaum starb er als korrekter Beamter fast pünktlich zur Pensionierung, er verhaute sich nur um zwei Tage, vier Stunden und 23 Minuten, war das Haus bezahlt. Er wurde als ein kleiner Mann beerdigt, der ordentlich was hinterlässt. Die Verwandten verabschiedeten sich mit trockenen kleinen Küssen. Der etwas sparsam geratene Sohn Günther und dessen drei Brüder, groß wie Eichen, setzten ihm einen Grabstein aus Sauerländer Grauwacke, der unvergleichlich wuchtiger war als sein ganzes Leben.

Inzwischen war es eine Straße der Rentner, die ihre schon vergilbenden Führerscheine zurückgaben und die Quittung zögerlich und sorgsam ins Herrentäschchen falteten wie den eigenen Totenschein.

Sie stutzten in dem Maße, wie ihre Körper schrumpften, einen letzten Fliederstrauch und den beim Einzug gesetzten Apfelbaum, eine Sorte, die es auf den Märkten nicht mehr gab.

Kehrten Freitags die Straße vor dem Haus. Mähten, elektrisch, lärmverträglich und kräfteschonend, ein Schnurren bloß wie ein langes Gebet, Samstags den Rasen hinter dem Haus. Baten Sonntags, meist vergeblich, um den Besuch von Kindern und Enkeln, die aus anderen Stadtteilen und Städten, Fernglas vor Augen, das Siechtum der Eltern beobachteten und darauf warteten, hier ein Begräbnis auszurichten und dieses Haus zu versilbern, das durch das verlässliche, aber langsame Uhrwerk der Natur zu ihrem Eigentum würde.

Was ist mit dem Kleinen? Der will mit rein sagte Kleefisch.

Schon als er in die Straße einbog, war ihm der kleine Junge in hoher Geschwindigkeit auf einem Dreirad entgegengekommen. Dann hatte er ihn mit großen, schwarzen, aufmerksamen Augen beim Verlassen des Wagens beobachtet und war ihm, wie ein artiger Sohn dem Vater, dicht auf den Fersen bis zur Haustür gefolgt.

Besser nicht sagte Tiefental. *Dieser kleine Türke von gegenüber sucht eine neue Familie. Ich nenne ihn Einstein. Er scheint wirklich helle, aber mir reißt er alle Bücher runter. Spricht noch kein Wort deutsch und will schon alles lesen. Ein bisschen Förderung, und aus dem würde mal was.*

Gib Einstein wenigstens was Süßes sagte Kleefisch.

Besser nicht sagte Tiefental und drängte darauf, die Tür zu schließen. *Sein Papa fährt den Kleinbus da drüben. Der grüßt niemanden. Es hat ihn aber auch nie einer dazu eingeladen. Trotzdem erfährt er sofort, wenn seine Frau während seiner Abwesenheit mal ohne Kopftuch in der Tür steht, so wie jetzt gerade. Irgendwo hat er seinen Spitzel, und dann wackelt das ganze Haus. Der zeugt ein Kind nach dem anderen. Immer ein gesundes, ein behindertes, ein gesundes, ein behindertes. Und dazwischen diesen Ausrutscher hier, diesen hellen Kopf, der es schon jetzt da drüben nicht mehr aushält.*

Hier lebst du also sagte Kleefisch. *Wie hälst du das aus?*

Ich bin hier geboren, das ist was anderes sagte Tiefental.

Ich bin in der Melchiorstraße geboren, das ist ganz was anderes.

Spielen wir hier eigentlich Blitzschach im Stehen? Komm endlich rein sagte er und schloss die Tür vor dem kleinen Einstein, der mit ein wenig Förderung wenigstens Professor würde und jetzt *tschüss* rief und den Arm hob wie ein Kumpel, der gerade bei Freunden ein Bier trinken war. Kleefisch rätselte kurz, ob dieser kleine Türke nicht doch zu den Behinderten zählte. Aber es war ja oft so, dass die besonders Begabten die Behinderten waren und die ganz Hellen wie Idioten wirkten.

Das Haus war eine einzige Bücherstube, ja eine Stadtteil-Bibliothek. Dieser Tiefental hatte wirklich ein Leben lang gesammelt. Was für ein Aufwand allein, diesen ganzen Friedhof der Bücher halbwegs staubfrei zu halten, vor den Nestern des Ungeziefers zu bewahren, den Eierablegern und Milben. Dieses schlechte Gewissen angesichts der Tonnen von Büchern, die der Besitzer nicht gelesen oder schon wieder vergessen hat. Und dieses verdammte Gefühl der Endlichkeit, denn bis zu seinem Tod wird er es auch nicht mehr schaffen. Also das wäre nichts für Kleefisch, der früher abends durchaus einen guten, aber möglichst schmalen Thriller geschätzt hatte, bevor der Rotwein ihm die Augen schloss.

Dann aber sah er doch mit seinem Blick fürs Detail, dem Blick des Kommissars, dass dieser Tiefental hier ein ganz anderer war als am Tresen der Melchiorschänke oder vor seinem Schreibtisch einen Stock höher: dieser Tiefental war hier ein ruhiger, gefestigter, durchaus witziger Mann (*spielen wir hier Blitzschach im Stehen?*), denn er bewegte sich in diesem Haus der Bücher unter Freunden. Unter tausenden von ihnen, wer hat das schon. Auch wenn sie alle taubstumm waren. Und viele schon krumm vor Alter. Oder gefangen in der Arroganz der Franzosen, wie sie hier im Flur standen: Corneille, Racine, Rousseau, alles so schweres Zeugs und alle in Gelb geschlagen. Aber dann sah er auch den Marquis de Sade, der war schamlippenrot.

Auf einem Glastisch im Wohnzimmer hatte Tiefental bereits Indien ausgebreitet: Reiseführer, Romane, so dickleibig, dass sie, wie trächtige Katzen, jeweils noch ein halbes Dutzend kleiner und kleinster Romane enthalten mussten, kurz vor dem Wurf; alte Stadtpläne von Bombay und neue Stadtpläne von Mumbai; Flugpläne von Air India und Lufthansa, Air France und British Airways; ein aufgeschlagenes Buch mit vielen Menschen und einer weißen Kuh auf dem Umschlag: *Mumbai – Delhi – Kolkata: Annäherungen an die Megastädte Indiens* sah Kleefisch, und er sah, dass diese weiße Kuh alles so aufmerksam betrachtete, als sei sie im letzten ihrer sicher schon zahlreichen Vorleben Polizeispitzel gewesen oder Taschendieb.

Ich bin nie groß gereist. Eigentlich nur in meinen Büchern. Es ist ja auch verlockend: du schlägst eins auf und bist in einem anderen Land. Jetzt zum Beispiel bin ich ganze Tage in Bombay, mitten in diesem fürchterlichen Monsunregen, der gerade niedergeht sagte Tiefental, als er mit dem Kaffee kam.

In Bombay bist du also.

Genau.

Zur Einstimmung auf eine Frau, die du nicht kennst.

Ja.

Du bist jetzt schon blind, wie soll das enden? Woher weißt du, dass diese kleine Hure aus Bombay ist? Sie spielt die Mutter. Färbt die Haare. Du kannst nicht mal sicher sein, dass sie überhaupt eine Frau ist. Dieses Indien wimmelt von Eunuchen.

Du machst mir nicht mehr bange. Ich hab sie getroffen.

Gut. Dann bin ich hier überflüssig. Behalt deinen Kaffee.

Nein. Ich brauch dich noch.

Du brauchst bloß einen Stoß, damit du endlich auf ihr flach liegst.

Samstags nämlich hilft sie an der Wursttheke von REWE aus.

Welcher REWE?

Der Supermarkt Neusser Straße, Ecke Innere Kanalstraße. Da kaufe ich jeden Samstag ein. Der am Blumenstand im Eingang ist ein alter Erzschwuler, der schenkt mir samstags eine Rose. Und der sagt –

- siehst du, geht doch. Du bist gar nicht so kontaktarm.

- diese junge Inderin aus Bombay, sagt er, hat's nicht gelernt, aber kommt schon noch dahinter.

Hinter was?

Dieser Erzschwule spricht gerne durch die Blume. Aber er meint einfach das mit den ganzen Wurstsorten. Die verwechselt sie nämlich noch.

Klar.

Die haben ja allein sieben Sorten Schinken. Und acht Mal Salami. Kölner Leberwurst, Kalbsleberwurst, Pommersche Leberwurst, drei Mal Leberkäs, Zungenwurst, Bierschinken natürlich, Jagdwurst, Krakauer, Kasseler, fünf Mal Sülze –

- Gutsherrenwurst, die mit der schwarzen Pelle?

Natürlich, und –

- siehst du, geht doch. So unpraktisch bist du gar nicht. Trotz deiner vielen Bücher sagte Kleefisch. *Ich geh mal pinkeln, dann bin ich weg.*

Er steckte den Kopf ins Gäste-WC, der übliche Schuhkarton, zu klein zum Sichumdrehen, allenfalls rückwärts rein, sich Hinsetzen und per Infarkt auch schon Sterben im warmen Geruch der eigenen Exkremente, und fragte nach dem Bad, jaja, erster Stock, das grüne Handtuch ist frisch, und schon war er da, wo er ohne Tiefental sein wollte: in den beiden durchgehenden Räumen, die seine Frau bewohnt hatte, bevor diese mollige Blonde ihm mit einem Verkäufer des Kaufhofes durchbrannte, von dem sie sich jetzt mit der Regelmäßigkeit eines voreingestellten Wartungsprogrammes Dienstags und Freitags beschlafen ließ.

Dämmerlicht. Weiße Wände. Parkettboden. Lange, crèmefarbene Leinenvorhänge vor den Fenstern, leer und hallig. Ein langbeiniger Schneider turnte vor ihm übers Parkett. Kleefisch war darauf gefasst, gleich von einem Wärter nach seiner Eintrittskarte gefragt zu werden. Wann zuletzt hatte er sich in die Gruft eines Museums verirrt? Er war doch die ganzen Jahre eher auf Friedhofskapellen mit ihrem Moderduft weißer Chrysanthemen und auf den Formalingeruch der Pathologie von Krankenhäusern und der Gerichtsmedizin abonniert.

Nach drei Schritten ging die indirekte Beleuchtung an, helleres Dämmerlicht jetzt. In zwei Ecken lagen kleine Stoffbündel, als habe diese mollige Schöne, die hier nach zwanzig Jahren Ehe bloß mit einem hässlichen Husten verschwunden sein sollte, ein paar abgetragene Textilien hinterlassen oder Schmutzwäsche. Dann hörte er ein leises Wimmern.

Es kam aus dem zweiten Raum. Als er darauf zuging, brach es ab mit einem kleinen Schmatz oder Platscher, etwas war ins Wasser gefallen oder an einer Hand erstickt.

Kleefisch war vor dreißig Jahren Vater einer Tochter geworden, die sich seit langem weigerte, mit ihm zu reden. Wegen seiner Trinkerei und der Frauengeschichten. Das mit dem Trinken war ganz und das mit den Frauen fast ganz vorbei, aber sie hielt sich noch immer dran. Ein Stümper von Zahnarzt hatte ihr oben links einen Stiftzahn verpasst, der pfiff, wenn sie erregt war. Sich ärgerte oder sich freute. Irgendwann würde der Zahn pfeifen und alles wäre wieder gut. Aber seine Vaterreflexe funktionierten auch jetzt noch, wie vor dreißig Jahren. Das leise, dann erstickte Wimmern fuhr ihm in die Knochen, in den Magen. Das Wimmern seiner Tochter von vor dreißig Jahren steckte in seinem Kopf und hatte sich dort verkantet wie Treibholz.

Jetzt setzte es wieder ein, etwas stärker als zuvor.

Am Kölnberg in der kaputten Wohnung eines Bauherrenmodels, 9. Stock, Fahrstuhl defekt, der Nachbar entsorgt gerade Müll aus dem Fenster, stößt Kleefisch auf ein totes Kleinkind voller Blut, Schorf, Hämatomen, das neben einem Zwergkarnickel liegt. Die Mutter, 17 Jahre, ist seit Tagen auf Trebe.

Auf diesen abgelegenen Höfen gab's doch keine Kontrolle. Die Bauern vergruben die überzähligen Kinder im Mist, der zerfraß sie sagt Poggenpohl, der abends beim Rotwein gern von Friesland erzählt. Er liebt seine friesische Heimat. Die Pumpwerke, Gräben, die Sielhäfen und die Ulmenalleen hin zum Meer. *Einzig das zählte für uns: hin zum Meer. Dass diese Alleen gleichzeitig auch immer vom Meer weglaufen, das sahen wir nicht.* Alles das sind noch immer: sein Blutkreislauf und die Lebenslinien in seiner Hand. Sein Denken, seine Sehnsucht. Friesland und das Meer eben. Poggenpohl. Der öffentliche Schreiber und der Dichter. Der Möchtegern auch, ergänzte Kleefisch sofort.

Wenn ich wieder so eine Geburt mit offener Schädeldecke hatte, habe ich mich mit der Hebamme kurz angesehen und zugedrückt, das war normal sagt der Arzt Klaus B. in K., als er seine Landarztpraxis endlich, nach vielen Fehlschlägen, weit unter Preis an einen jungen Senegalesen verkauft. Als der im Garten ein Frühbeet anlegt, stößt er auf ein weibliches Skelett: die Reste von Frau Doktor, die seit Jahren beim Bruder in Kanada lebt.

Sabine H. ist 40 Jahre, geschieden, gelernte Zahnarzthelferin, vier Kinder. Zwischen 1988 und 1999 hat sie weitere neun Kinder geboren, zwei Jungen und sieben Mädchen, deren Reste von Kleefisch & Co. in einem Blumenkasten und weiteren Behältern entdeckt werden. Die Angeklagte, die wegen Totschlags verurteilt wird, leidet an Unterleibskrebs. Ihr Anwalt sagt, es sei ernst.

Wieder hörte Kleefisch das Wimmern.

Als die Kleefischens mit dem Enkel Alexander Großeltern wurden, freuten sie sich.

Johannes B. Kleefisch war stolz auf sich. Er wusste, dass er eigentlich keinen Grund dazu hatte, aber er war es. Er wusste auch, dass es der Stolz eines Hahnreis war, der nun wirklich nichts dazu getan hat, aber er war es und blieb es.

Magda Maria Kleefisch war außer sich. Sie hatte um das Leben der Tochter gebangt und gezittert, jetzt war der Kleine da, und es war der schönste Kleine der Welt. Johannes B. sah mit Verwunderung erst, dann mit schnell verborgenen Tränen, wie sie ihr Lächeln wieder gewann:

das samtweiche Lächeln der jungen Frau, mit der er in einem anderen Leben in der Kneipe *Kornbrenner* in der Neusser Straße drei Tage und zwei Nächte Hochzeit gefeiert hatte.

In der äußeren Ecke des zweiten Zimmers entdeckte Kleefisch jetzt einen Kinderwagen, hohe, braun bespannte Wanne, rissiges Klappverdeck mit Bügeln eines Cabrio von 1930, *DKW Meisterklasse* oder *Adler*, vier sehr hohe Speichenräder mit einer Lauffläche aus Hartgummi. Erneut das Wimmern, dieses Mal länger. Es erstarb mit einem Stöhnen und Röcheln, das nicht von einem Kleinkind stammen konnte. Eher ein alter Mensch oder ein großer, an Land gezogener Fisch, dem gerade mit dem Fischmesser der Kopf gespalten wird. Wieder ging es Kleefisch durch alle seine alten Knochen und landete im Magen.

Im Kinderwagen lag auf einem hellblau gemusterten, verwaschenen Kissen ein Bündel, das sich wimmernd hob und dann wieder senkte, das sich hob und senkte, hob und senkte, wimmerte und stöhnte und dann flach verharrte, bösartig fast, dachte Kleefisch jetzt, der sich darüber beugte und auf den nächsten elektrischen Impuls wartete, der aber nicht kam. Dann bewegte sich das Bündel wieder, still, nur ein leises Pfeifen kaputter Bronchien.

Als Kleefisch in den ersten Raum zurückging, setzte das Wimmern erneut ein. Er wartete auf das abschließende Stöhnen und Röcheln, das ihn jetzt im Nacken träfe, den Rücken hinabführe, in die Nieren dränge, ihm Urin in die Blase drückte, zu plötzlichem Harndrang führte, und schon würde er, inkontinent plötzlich wie ein uralter, erschütterter Mann, ein paar Tropfen in die Unterhose entlassen müssen. Aber es kam nicht. Ein Aussetzer. Nichts Verlässliches. Dieses Wimmern hatte sogar seinen eigenen Kopf, verdammt.

Dann endlich setzte es erneut ein.

Es erstarb, und es fing wieder neu an. Tod und Leben.

Es war nicht zu unterscheiden, ob das eine bloß schaurig und das andere bloß schön war, es war alles eins. Schön und schaurig. Und er sah, wie sich alle die Stoffbündel in den Ecken, abgetragene Textilien oder Schmutzwäsche, weggeworfenes, aufgegebenes, abgelegtes oder zerstörtes Leben, jetzt sehr langsam hoben und senkten. Und als er auf den Flur trat, vor eine der Wände voller Bücher, nichts als Bücher hier, wieder das Stöhnen, das Stöhnen und Röcheln dann, das Wimmern wieder, und er fuhr schnell mit den Augen die Buchreihen ab auf der Suche nach Exemplaren, die sich blähten und wieder verschlankten, die sich öffneten und stöhnten wie Verwundete und die sich röchelnd wieder schlossen wie Sterbende und stolperte dabei auf der ersten Treppenstufe und musste schnell ans Geländer greifen, das klobige, schon zigmal neu lackierte Holzgeländer eines Reihenhauses der 50er, eine nun wirklich verlässliche Sache, und daran tastete er sich runter zu Tiefental, der ihn erwartete.

Dieser Tiefental hier unten war jetzt schon wieder ein anderer. Er war bereits im Eingang seines Reihenhauses ein anderer gewesen als am Tresen der Melchiorschänke. Inzwischen hatte er noch einmal die Person gewechselt. Wieviele Tiefentals gab es eigentlich? Tiefental war jetzt ein Arzt, der den Patienten Kleefisch aufmerksam musterte, nachdem er ihn durch eine ganze Zimmerflucht mit unbekannten Apparaturen geschickt hatte, an denen er sich beweisen musste. Und gleich würde er ihm sagen, wie lange er noch zu leben hätte. Und auf Grund welchen angeborenen Defektes das mit dem Glück bei ihm immer schief gegangen war.

Ich wusste gar nicht, dass du es auch mit der Kunst hast sagte Kleefisch, nur um etwas zu sagen. Er hätte auch nach seinem Regenschirm fragen können. Oder ob die Heizung hier mit Öl betrieben wurde.

Etwas in der Art sagte Tiefental. *Wenn du lange mit so vielen Büchern lebst, ist es nicht weit. Das fliegt dich irgendwann wie Schnupfen an.*

Kleefisch erinnerte sich, dass Tiefental gern *etwas in der Art* sagte, wenn er durcheinander war. Wenn er sich frisch an den Tresen setzte und sein Gesichtsmuskel noch bis zum dritten Bier zuckte. Und Kleefisch strich wieder einen der vielen Tiefentals von seiner Liste. Es gab doch nur zwei: es gab die Mimose, auf der der Wind schrieb, wie sie in der Melchiorschänke saß; und es gab den Tiefental in seinem Reihenhaus, der schon forsch im Eingang von Blitzschach redete und der einem abgebrühten Mann wie ihm hier im ersten Stock mal kurz das Herz flattern ließ mit dem ganzen schönen Elend der Welt, das da schmatzte und sich blähte, das verschlang und sich entleerte, sich in Gase wandelte und zurück in Stoff, das wimmerte und stöhnte und röchelte und starb und wieder neu begann ...

Auf der Fahrt über die Wilhelm-Sollmann-Straße zur Neusser Straße probierte er mehrere Eigenschaftswörter für Tiefental aus und sprach sie laut vor sich hin. Er wollte ein Wort für ihn, das würde ihm helfen, ihn richtig zu denken. Mit dem richtigen Wort könnte er weiter über ihn nachdenken, ja nur so würde er ihn sehen mit seinem früh noch zuckenden Gesichtsmuskel, aber auch ihn mit der schönen Gelassenheit eines Schöpfers.

Künstlerisch, das sagt mir nichts, sagte er sich, noch dazu diese Kunst ihn anfliegt wie Schnupfen. *Gespalten*, das ist es nicht. *Glücklos*, nein, auch das nicht. Als er auf die Niehler Straße bog, um die ewig anliefernden Kleinlaster und die Falschparker, die achtlos kreuzenden Fußgänger, Radfahrer und einkaufenden Frauen mit und mit ohne Kopftuch der nächsten 500 Meter zu umfahren, hatte er es: *labil*. Das war das Wort: *labil*. Labil und flüchtig. Von ganz flüchtiger Konsistenz. Ein Mann, der mal da war, und dann wieder nicht. Etwas in der Art.

7

Also das mit der Kunst, das seh ich so: man hat sie, oder man hat sie nicht.

Ja. So oder so sagte Kleefisch und verscheuchte eine Fliege vom Tresen der Melchiorschänke, dic in einer Bierpfütze saß.

Unser Poggenpohl hier, der hatte sie.

Wenigstens hat er das immer behauptet sagte Kleefisch und schlug wieder nach der Fliege, die sich ihm aufs Ohr gesetzt hatte. *Aber Egbert schwätzt viel. Noch heute am Telefon. Zimmer Nr. 9 in diesem evangelischen Altenheim. Wo ihn die alten Frauen umschwirren wie Stubenfliegen. Sagt er.*

Stimmt. Er schwätzte viel. Aber er hatte sie, die Kunst. Seine Briefe waren Klasse. Und er konnte alle Töne. Wenn er traurig sein sollte, dann war er es. Wenn fröhlich, dann eben fröhlich. Und wenn so mittendrin, so halb lau, dann eben so. Konnte der alles. Auf Knopfdruck. Ein Künstler eben. Und so einer soll jetzt plötzlich unser Don sein?

Welcher Don?

Tiefental. Die Mimose. Dem früh das Gesicht zuckt bis zum dritten Kölsch.

Ach so. Ja sagte Kleefisch. Er war mit seinem Kopf noch immer in der Rambouxstraße. Und hier nicht bei Tiefental, sondern in den beiden Räumen mit dem an- und abschwellenden Wimmern, das, plötzlich, platsch, in Wasser ertränkt oder von einer Hand erstickt wird, aber irgendwann, schleimig, organisch, boshaft fast, unbesiegbar auch und damit schön, wieder einsetzt.

Wenn Kunst etwas war, das ihm in die Knochen fuhr und im Magen landete, das ihn auf unbestimmte Art nachdenklich machte und erregte, das ihm Teile seines Lebens vergegenwärtigte, Unverdautes und Unfertiges, das ihn aber auch gelassen machte, weil er soviel Zeit überschaute, ja bei dem er Zuversicht spürte, irgendwie, weil es dennoch weiterging, dann war er jetzt auch für die Kunst.

So hatte er das nie gesehen. Wie sollte er auch bei seinem Beruf des Scheißeträgers. Und er bedauerte jetzt, soviel davon versäumt zu haben. So ein schmales Land wie Italien zum Beispiel musste doch damit randvoll gefüllt sein wie eine Badewanne. Wie kriegten die vielen Ganoven da überhaupt noch den Fuß ins Wasser?

Manchmal schissen die Menschen nicht nur auf einen der Haufen, die er nachher wegräumen musste. Manchmal, und das ganz ohne Zwang und sogar ohne damit Geld zu verdienen, machten sie Sachen, die einem in die Knochen fuhren und im Magen landeten. Schöne Sachen. Schön schaurige Sachen. Und dieser Tiefental war so einer. Der war nicht bloß labil. Und im Stillen gab er seinem Freund Poggenpohl Recht.

Was er dem freilich nie sagen würde. Wie sie sich auch nie eingestanden hatten, Freunde zu sein.

Zur Zeit ist unser Künstler schwer verliebt sagte Kleefisch. Mit einer schnellen Bewegung seiner großen, fleischigen Hand fing er mitten im Startversuch die Fliege, hörte sie in der Faust brummen, zerquetschte sie und kippte die Leiche auf den Tresen in sein leeres *Schweppes*-Glas. Jetzt hätte er gern einen Rotwein vor sich gehabt. Bier und Korn. Noch mehr Korn. Die Therapeuten hatten ihn gewarnt. Noch auf dem Totenbett würde er danach lechzen. Keine letzte Ölung, einen letzten Schnaps. So war es. Die ganzen nächsten Jahre wäre er der Artist, der mit trockenem Mund auf dem Hochseil balanciert mit seiner höllischen Angst vor dem Absturz, nach dem er sich doch sehnt.

Ach je sagte Karl S., der frühere Juwelendieb und Knacki neben ihm. *Erst fliegt ihm die Frau davon wie ein Hut, und dann gleich sowas. Der Mann kommt nicht zur Ruhe. Und das in seinem Alter. Wo er's doch ohnehin schon mit die Nerven hat.*

Kleefisch unterhielt sich gern mit Karl S. Der hatte zwar ein flaches, schläfriges Gesicht und im Unterkiefer verfaulte Zähne, aber seine Augen und was er sagte zeigten noch, was er wirklich war: ein hellwacher Mann. Viel zu intelligent, um immer nur geradeaus im Luftstrom des Passates zu segeln wie die spanischen Galeonen, die Isabella I., die Katholische mit Kolumbus auf den Irrweg nach Indien geschickt hatte, bevor sie von ihrer Erbtochter, Johanna der Wahnsinnigen, ausgebremst wurde.

Letzte Woche erst hatte er Karl S. im Hauptbahnhof beobachtet. Der aß am Stehimbiss eine Mettwurst, sehr langsam, mit schrägen, kleinen Bissen. Nun gut, der Mann kaute fast schon auf den Felgen. Aber Kleefisch sah auch, dass die Mettwurst nur der Vorwand war, die Menschen in der Bahnhofshalle zu beobachten und zu sortieren wie Kirschen oder Pflaumen: die schlechten ins Körbchen, die guten ins eigene Kröpfchen. Nur waren für Karl S. die schlechten, also die mit den Druck- und Faulstellen und dem Wurm, die guten und landeten in seinem Kröpfchen – Kleefisch sah doch, wen er fixierte, wann seine Augen größer wurden, lebhafter auch, wie angezündet, und zu leuchten begannen, sobald sie einen besonders schrägen Vogel ausmachten unter allen diesen eifrig Berufstätigen, den gehetzten Kurzreisenden, den müden Fernreisenden, die hier wie vom langen Flug erschöpfte Schmetterlinge, noch schwer atmend, an der Wand klebten –

Karl S. interessierte sich nicht für die paar Stricher und Hurenböcke, die zu dieser Stunde unterwegs waren, die drei Schülernutten und die rumänischen Taschendiebe, die auch Kleefisch noch kannte, nein. Seine Augen gingen an, wenn er einen größeren Windjammer ausmachte, einen mit zwei Masten wenigstens oder drei. Einen, mit dem er zu tun gehabt hatte früher, als er noch selbst gegen den Wind gekreuzt war und seine Einstiege aus dem Keller, dem Hausflur oder von der Hofseite her in die Werkstatt eines Goldschmiedes plante.

Kleefisch wünschte sich wieder einmal das Facettenauge einer Fliege. Die Besucher der Kölner Bahnhofshalle an einem Dienstag im September, 15:45 Uhr mit den Augen eines Diebes zu sehen, der im Trockendock sitzt und sich wieder auf die offene See sehnt: so ein Blick, das ist, wie durch eine große Torte schneiden. Und natürlich ist die Torte innen ganz anders, als der Konditor von außen behauptet, wo er ihr inneres Elend unter daumengroßen Walnusshälften und Sahnehäubchen versteckt.

Eine Mogelpackung war der ganze Strom der Bahnhofsnutzer. In ihm trieben doch Delinquenten wie Rosinen in aufgeschäumter Milch. Eine Mogelpackung dieser ganze Bahnhof, durch dessen verglaste Front der Dom drang mit seiner Mahnung, den Nächsten nicht immer gleich auszuweiden und seinem Versprechen, für solche Enthaltsamkeit dereinst belohnt zu werden mit dem ewigen Leben als Engel.

Kleefisch sah auch, wie sich Karl S. nach der offenen See sehnte und welch höllische Angst er gleichzeitig vor ihr hatte. Und sah, dass es auch sein eigenes Sehnen und seine eigene Angst waren, die des Johannes B. Kleefisch, der jetzt aufhörte, den einst gewieften Dieb und erfahrenen Einbrecher Karl S. zu beobachten. Denn sobald der das mitkriegte, wäre das inzwischen am Tresen der Melchiorschänke gewachsene Vertrauen hin. Und das wollte Kleefisch nicht. Schließlich waren sie beide Seefahrer, die ein Sturm an Land geworfen hatte.

Welche Frau hat ihn denn eigentlich am Wickel? fragte Karl S. noch am Tresen, aber Kleefisch hatte sich schon vom Hocker geschwungen. Er stellte sich in den Eingang der Schänke, eine Stufe erhöht, von hier aus übersah er die Straße wie ein Bademeister den Strand.

Er sah den Einhandsegler, der es bis nach Brasilien geschafft haben wollte, und grüßte. Mehmet Kayoglu kam vorbei, der mit den schwarzen Zähnen und seiner dreizehnjährigen Tochter, scharf wie ein Riff. Er hatte wieder, wie jeden Tag, die Obst- und Gemüsepreise bei der griechischen Konkurrenz verglichen. Und grüßte. Lothar Dombrowsky schritt vorbei, stattlich und mit in die Ferne gerichtetem Blick, dorthin, wo hinter dem Eigelsteintor, auf der anderen Seite des fleischfarbenen Meeres, Bahnhof und Dom liegen. Aber er hob leicht und so, wie es die wenigen uns noch verbliebenen Könige zu tun pflegen, die Hand zum Gruß. So ein König verkehrt nicht in einer der einfachen Schänken des Viertels.

Soweit Kleefisch sah, waren alle an Ort und Stelle. Sie hatten die Nacht und den Vormittag gut überlebt und bestätigten es sich mit diesen kleinen Grüßen. Ein schöner Tag. Einer mit diesem winzigen, leisen Glück, über das man besser nicht spricht. Vor hauchdünnem, chinesischen Porzellan ist auch jeder still. Kleefisch sah auf die Uhr. Punkt 13:00 Uhr. Zeit für ein frisches *Schweppes* und eine Sitzung an seinem kleinen Antikimitat von Schreibtisch. Die neun erschossenen türkischen Kleinunternehmer. Da aber kam, mit langen, hölzernen Schritten und ganz im Grün des Innenministers, dieser Mensch auf ihn zu.

Der griff ihm an den Oberarm, ein Griff wie an einen Rettungsring, und versuchte ihn in die Tür zu drücken.

Ich muss mit dir reden. Allein. In deinem Büro sagte Heinz K., vor Aufregung Speichelschaum im Mundwinkel. Kleefisch rührte sich nicht. Diesen Holzkopf im Nacken haben und so mit ihm in sein Büro hochsteigen, um dort von ihm irgendeine dämliche Denunziation zu hören, die er gerade einem der Anwohner hier abgezapft hatte wie den Tropfen einer Giftspinne, das lag ihm nicht. Also ging er hinter ihm her. Keiner der Trinker am Tresen drehte den Kopf. Wenn Heinz K. auftauchte, gab es für einen anständigen Mann nichts zu sehen. Kleefisch wusste, dass sie erst alle die Köpfe drehen würden, wenn die Verbindungstür zu Lokus und Büro hinter ihnen beiden zufiele. Als stände dann mit großen Lettern auf dieser Tür geschrieben, wieviel Gift und in welcher Konzentration dieser Heinz K. dieses Mal jemandem abgenommen hatte.

So einer war das. Der Kontaktbereichsbeamte.

Einer, unter dem schon jedes Polizeirevier gestöhnt hatte. Und alle diese engen, freudlos möblierten Amtsstuben waren froh gewesen, ihn auf diese Art los zu werden. Aber jetzt saß er dem Viertel im Nacken und war die Bürgernähe.

Wenn er ganz schlecht drauf war, lauerte er an einer stillen, verkehrsarmen Ecke auf Radfahrer. Unten strampelten sie ordentlich vor sich hin, einmal rechts, dann wieder links. Aber was unten so harmlos aussah, war weiter oben schon strafbewehrt: da flöteten sie doch, weit der Straßenverkehrsordnung entrückt, ihrer Geliebten irgendwelche Sauereien ins Handy. Und schon, zack, kassierte er sie ab. Und promenierte dann wieder, ganz in Grün und hölzern, abschreckend, wiewohl eigentlich selbst hilfebedürftig, mit seinem kleinen, aber mutwillig gestreckten Bauch des ältlichen Beamten im Viertel herum. Da ihn dabei so wenige kontaktierten, neigte er dazu, alle anderen, also die große Mehrheit der Bewohner, für Delinquenten zu halten und sah immer schwärzer für die Zukunft des Viertels.

Nur den Alten und ganz Alten war er gelegentlich eine Stütze. Das waren jene, die ihre Jugend mit dem Blockwart der Nazis verbracht hatten und die ihn jetzt mit einem solchen verwechselten. Sie freuten sich, dass so völlig überraschend ihre Jugend zurückgekommen war. Und sie nutzten ihn, heiser flüsternd, um ein Urteil loszuwerden. Einen Tropfen Gift, der lange schon in ihnen lagerte. Einen Verdacht, der ihnen mehr und mehr, wie sie glaubten, ihre doch letzten Tage ruinierte. Eine Denunziation endlich, ganz wie in alten Tagen. Und Heinz K., gedüngt und frisch gewässert, straffte sich dabei und blühte wieder etwas auf.

Jetzt aber ließ er Kleefisch kaum Zeit, sich an sein kleines Antikimitat zu setzen. Wie immer, wenn Kleefisch sich setzte, verrückte er erst die kleine Figur des tanzenden Schamanen, die er aus Peru mitgebracht hatte. Das war sein Ausflug auf die andere Hälfte der Erde gewesen. Und in einen Mordfall, dessen Lösung er bis heute verschwieg. Auf dieser Hälfte hier, der ordentlichen, ging die Absolution, an der er sich dort beteiligt hatte, niemanden etwas an. Keiner hätte sie verstanden. Hier herrschte das Gesetz. Dort die Gesetzlosigkeit, in der sich zuweilen eine Lücke für die Gerechtigkeit fand.

Heinz K. redete wie einer aufsagt. Im eckigen Polizeideutsch und mit Floskeln, die einzig für den Amtsgebrauch noch zugelassen sind. Wörter wie alte Stempelkissen. Rückversicherungswörter. Wörter auch, die aus einer unverhältnismäßigen Polizeiaktion die Regelwidrigkeit »Teppichklopfen im Hinterhof am Sonntag 11:30 Uhr« machen können.

Kleefisch war immer so weit entfernt gewesen von diesen haftpflicht- und unfallversicherten Wörtern, dass er Heinz K. zunächst nicht verstand. Dann begriff er immerhin, dass dieser Mann, obwohl ganz in Grün, Angst hatte. Und die Angst fraß ihm die normalen, die doch griffigen, die weichen und klebrigen, die Wörter mit Fühlern und Tentakeln: deine, meine, Kleefischens Wörter weg, bevor er in ihnen auch nur denken konnte. Und als Kleefisch das begriffen hatte, verstand er auch, was Heinz K. sagte. Er übersetzte es sich und baute den Zeitablauf des Geschilderten, geübt wie er darin war und um ihn präsent zu haben, gleich in seinen eigenen Tagesablauf ein:

Um 9:32 Uhr – Kleefisch klingelt zu dieser Zeit an der Tür des Reihenhauses Rambouxstraße, den kleinen, eine neue Familie suchenden Einstein dicht hinter sich – meldet der Gastronom S. über Polizeiruf den Fund einer weiblichen Leiche im Ebertpark. Sie liegt auf dem Gehweg zwischen Turiner und Clever Straße. Zunächst sieht er bei seinem morgendlichen Spaziergang, zu dem er sich seit kurzem zwingt (katastrophales Übergewicht, ein Infarkt, zwei Bypässe) einen Kinderwagen vor sich, eine auf dem Boden sitzende oder liegende weibliche Person, die mit einem kleinen Hund spielt. Erst beim Näherkommen realisiert er, dass die Person leblos ist. Sie liegt auf dem Rücken. Die hellblauen Jeans und die weiße Unterhose wurden ihr bis zu den Knöcheln heruntergezogen, die Schenkel gespreizt, soweit die Textilien dies zuließen, sodass ihr Geschlecht entblößt ist. An diesem Geschlecht leckt ein kleiner schwarzer Hund, ein hochbeiniger, auf sehr unangenehme Art erregter, ja wild gewordener Dackelmischling, den er nur mit wiederholten Fußtritten und unter akuter Atemnot vertreiben kann.

Das Kleinkind im Kinderwagen, frisch gewickelt, schläft noch bis zum Eintreffen des ersten Streifenwagens. Ein überraschend friedliches und schönes Bild, sagt der übergewichtige Gastronom, dessen drei Ehen kinderlos geblieben sind. Und vermutet, dass ihn genau dieses Bild: dieses rundgesichtige, ja fast mongolische, durch und durch gesunde Kleinkind mit seinem Flaum schwarzer Härchen vor einem weiteren Infarkt bewahrt hat.

Die Tote weist ein gebrochenes Genick auf. Es handelt sich um die 26jährige Türkin Nebahat A., gemeldet in der Balthasarstraße mit ihrem Mann, dessen jüngerem Bruder und zwei Kindern. Vor vier Tagen sind sie nach langem Streit mit dem Vermieter wegen Schimmelbildung in Schlaf- und Kinderzimmer in die Schillingstraße verzogen, dort aber noch nicht gemeldet.

Die hätten ja auch noch drei Tage Zeit gehabt dafür sagt Heinz K. Er meint den Besuch des Opfers, ihres Mannes und dessen jüngerem Bruder in der Meldehalle des Bezirksamtes. Das versteht er als einen Bonus, den er der Toten gewährt. Und wischt sich mit dem Handrücken kleine Speichelperlen ab, die sich jetzt in beiden Mundwinkeln gebildet haben.

Um 10:58 Uhr – Kleefisch trinkt einen dritten Kaffee am Glastisch der Rambouxstraße, überlegt kurz, ob er sich auf eine Partie Blitzschach einlassen soll, wie von Tiefental vorgeschlagen, lässt es – meldet der Fahrradbote Hans C. eine zweite Leiche. Es ist die einer jungen Frau. Sie liegt neben einem Kinderwagen in der Grünanlage entlang der Inneren Kanalstraße, zwischen Neusser Straße und Krefelder Straße. Auch sie liegt auf dem Rücken. Die braune Cordhose, die rote Unterhose sind bis zu den Knöcheln heruntergezogen, die Schenkel gespreizt, das Geschlecht entblößt. Auch diese Tote weist ein gebrochenes Genick auf. Das Kleinkind im Kinderwagen ist unversehrt, aber schreit.

Bei dieser Toten handelt es sich um Malika D., 23 Jahre, Marokkanerin, gemeldet in Neuss, seit gestern zu Besuch bei ihrer Schwester in der Riehler Straße. Angereist ist sie mit einem Toyota Yaris, den sie wegen eines Klopfgeräusches an der Vorderachse bei der Aral-Tankstelle von Fazli Erdogan in der Riehler Straße abgestellt hat.

Das mit dem Hund ist natürlich strikt unter uns. Dienstlich sagte Heinz K.

Ich bin nicht mehr im Dienst. Und jetzt hast du die Hose gestrichen voll sagte Kleefisch.

Nein. Ja.

Weil du immer noch keine Ahnung vom Viertel hast. Weil spätestens heute abend der Ebertplatz voller Türken sein wird. Weil sie dich wieder zurückpfeifen und in das Mauseloch eines Reviers stecken werden. Weil du hier nicht mehr rumstolzieren kannst wie der Pfau.

Du musst uns helfen. Jeder muss das jetzt.

Ausgerechnet du wirst mir nicht sagen, was ich tun muss.- Haarfarbe?

Wie?

Die Haarfarbe der Opfer.

Spielt doch jetzt keine Rolle.

Denkst du.

Schwarz, nehme ich an.

Klär das mal.

Heinz K., ganz in Grün, nestelte an seinem technischen Zubehör, der verdrahtete Mann. Er wurde verbunden und weiter verbunden, durchgestellt und abgestellt ... undsoweiter, und hatte es endlich: Opfer Nr. 1 war hellblond gefärbt, von innen dunkel nachwachsend, Opfer Nr. 2 kastanienbraun gefärbt mit einer blonden Locke über einem der Augen.

Und jetzt?

Jetzt rufst du noch mal an und fragst, ob diese blonde Locke über dem linken oder dem rechten Auge hängt.

Das ist nicht dein Ernst.

Nein sagte Kleefisch. *Aber jetzt kannst du gehen. Denn jetzt fängt das Nachdenken an. Und das ist ohnehin nichts für dich.*

8

Diesen Morgen: nichts. Er war nicht da. Wie weggeblasen. Als hätte es ihn nie gegeben. Den Anderen. Diesen Mörder in mir.

Dabei war er, mit kleinen Unterbrechungen nur, jetzt seit 317 Tagen da, ich habe Buch geführt. Nicht sofort beim Aufwachen, das nicht. Er ließ mir stets Zeit, im Bademantel runter in die Küche zu gehen, das Tröpfeln der Kaffeemaschine für eine erste Tasse abzuwarten (*Guatemala-Hochlandmischung*) und mich auf das Sofa zu setzen, um alle Dringlichkeiten des Tages zu überdenken. So war ich es gewohnt.

Aber dann, platsch, ein Schlag auf den Kopf, und er war da. Denn es gab ja diese Dringlichkeiten nicht mehr, die uns für gewöhnlich im Leben voranbringen. Wie sich der Reißverschluss des Hosenlatzes von Zahn zu Zahn nach oben arbeitet und alles Unappetitliche verschließt, sodass wir für eine Weile behaupten können, frei zu sein vom Pegelstand der Kloake, die wir eigentlich sind.

Ich hatte doch bloß noch die Geschäfte eines Leichenfledderers meiner selbst zu erledigen. Das war, klar, am Morgen nachdem ich die Räume des *Don Quijote*, besenrein und mit allen Schlüsseln, an den Vermieter übergeben hatte. Nach 18 Jahren nicht immer einfacher, aber doch erfolgreicher Existenz. Und er mir dieses dünne Lächeln hinterherschickte, das man einem Versager mit auf den Weg gibt, von dem man annimmt, der Idiot lässt sich schon an der nächsten Ampel vom Verkehr zerquetschen wie eine Laus.

Zunächst konnte ich ihn noch tageweise verscheuchen. Ich hatte doch gute Argumente: nicht aus Dämlichkeit war ich gescheitert, sondern an meiner Beharrlichkeit. Die hatte mich unzeitgemäß gemacht, ja die Zeit hatte mich überrollt.

Die Buchkaufhäuser in der Innenstadt. Das Internet mit seiner kostenlosen Lieferung bis ins Bett. Die Zeitungsverlage, denen die Annoncen wegbrachen, vergriffen sich immer öfter an mir Kleinem - diese Pädophilen ließen von den Käfigmenschen in Hongkong fast umsonst Bücher fertigen und warfen hier mit ihren Billigreihen, gebunden, gutes Papier, den Lew Nikolajewitsch Graf Tolstoi für € 4,85 auf den Markt. Und natürlich will der Kunde nicht nur das Lächeln meiner Empfehlung. Der fragt mich auch noch das ganze Leben des Grafen ab, und ob dieses Buch auch bei Trennungsschmerz hilft und gegen Neurodermitis wirkt. Dann will er es nicht. Schließlich aber doch, wenn ich es als Geschenk verpacke und eine Textil-Tragetasche gratis dazugebe.

Die Buchverlage ihrerseits antworteten mit ganzen Schiffsladungen voller Schrott. Die preiswerten Druckereien in Polen, Slowenien, der Türkei, selbst in Indien und China liefen heiß, sodass ein wichtiger Roman von 480 Seiten, über dem der Autor fünf Jahre lang verhungert war im Bayerischen Wald, schon nach vier Tagen vom nächsten wichtigen Roman zu Schrott gemacht wurde und meine Kunden, wenige aber gepflegte, sich hintergangen fühlen mussten von mir ganz persönlich: wurden sie jetzt doch zu Schnellfickern degradiert, zu Karnickeln oder Meerschweinchen, etwas in der Art.

Und 18 Jahre lang hatte ich ihnen, von Zeit zu Zeit, in körpergerechten Abständen, ein Buch wie ein Kleinod empfohlen, ein Schmuckstück. Natürlich war jedes dieser Bücher immer auch eine kleine Hure. Die Kunden zahlten ja im Voraus dafür und nahmen sie mit nach Hause. Aber dort, anständig behandelt und sinnvoll genutzt, verhielt sie sich bald wie eine Geliebte: forderte und ließ sich entdecken und behielt doch immer noch einen Großteil ihrer Geheimnisse für sich.

Das waren meine Argumente. Und damit hatte ich tageweise Ruhe vor ihm, diesem Mörder in mir.

Aber dann begannen die Anrufe. Sparkasse Köln/Bonn. Deutsche Bank. Fehlende Liquidität. Umschichtungen. Jemand, der plötzlich kein Einkommen mehr hat, obwohl aktienbesitzend, altersvorgesorgt, lebensversichert, kinderlos und hausbewohnend, kein Spieler und kein Fixer, kein Trinker und Bordellbesucher, nicht einmal Hundehalter, vom Herrenreiter ganz zu schweigen, weder Fernflieger noch Spekulant, hat keine Alimente und keine teuren Medikamente zu zahlen, weder Kirche noch Partei noch Sekte zu nähren, nicht den Automobilclub und nicht den Schützenverein, der ist jetzt eine ganz windige Existenz.

Und eines Morgens, das war heute vor 196 Tagen, sah ich, wie abweisend das Gesicht von Frau Ulrike Tiefental geworden war.

Nach zwanzig Jahren, die wir überwiegend einvernehmlich im herunterbrennenden Kerzenlicht unserer kinderlosen Ehe zugebracht hatten, saß sie als völlig Fremde vor mir. Sie begriff nicht, dass wir noch immer ein Alter in relativer Würde vor uns hatten. Aber ich begriff, dass wir uns zwanzig Jahre lang gegenseitig betrogen hatten um alle Möglichkeiten, die uns gegeben waren.

Zwei Tage nach ihrem Auszug, diesem Auszug mit dem bloß hässlichen Husten, war der Andere für immer da. Morgens. Neben mir auf dem Sofa. In mir. Überall. Ich hatte ihn herbeigedacht und keine Kontrolle mehr über ihn. Er kam und ging, wann er wollte.

Natürlich habe ich versucht, ihn loszuwerden. Ein Besuch beim Dr.med. Klasen, Domstraße. Der hört mir in seinen weißen Birkenstock-Sandalen ruhig zu, als ginge es um einen Zeckenbiss. Nun gut, denke ich und bin schon fast beruhigt: was ich habe, ist heute wohl Schnickschnack des Alltags. Ein allgemeines, sehr gängiges Phänomen. Wir spitzen uns darauf, einen anderen zu liquidieren, um uns in dem ganzen Geschubse und Gesummse überhaupt noch als die winzige Person zu spüren, die wir gerade eben noch so sind. Ein Schatten, schemenhaft, ein einzelner Schuh bloß noch, der im Wasser treibt - auch das habe ich wohl verschlafen zwischen den ganzen statischen Schönheiten, dem Ebenholz und Marmor der Bücher, von denen ich seit meiner Kindheit umgeben bin.

Dieser Dr. Birkenstock wird mir ein paar Keulen der Chemie verschreiben, und schon will ich nur noch die viel zu vielen Tauben im Ebertpark vergiften. Und auch das bloß in meinem Kopf, virtuell. So in der Art. Und ich fühlte mich ganz vergnügt und aufgehoben. Ich war ein allgemeines Phänomen. Ich war Gegenwart, in gewisser Weise war das sogar schön. Ich, Günther Tiefental, war eine allseits bekannte, gängige und behandelbare Krankheit in unserem Land: ein Mann mit Mörder im Kopf. Ein Mann unter Millionen von Männern und Frauen.

Das hat's aber auf Dauer nicht gebracht. Schon bald war der Andere resistent. Wie diese Anopheles-Mücke in Afrika. Und saß morgens wieder in meinem Kopf.

Also ich in eine der Gemeinschafts-Massenpraxen junger Leute, die sich da gegen die Arbeitslosigkeit in ihrem Therapiegewerbe zusammengefunden haben. Die sollten was für mich tun, und im Gegenzug täte ich was für sie: *Kundschaft* rief ich folglich schon laut im Eingang, weil niemand da war. Und dann sagt dieser Jungdoktor, der, verdutzt über Kundschaft, die Beine nur zögerlich vom Tisch nimmt: *Ein Mörder im Kopf? Klar, übernehmen wir. Macht neunzig Sitzungen, vielleicht auch fünfundneunzig.* Und natürlich wusste ich da, die Sache geht schief.

Wir würden uns dreißig Sitzungen über verschiedene Schulen unterhalten, die er gerade frisch gelernt und noch wie Fußabdrücke in seinem Schädel stecken hat, und wir würden uns bis aufs Messer streiten. Steht doch alles in meinen Büchern nachzulesen, erster Stock, drittes Regal links, 270 laufende Zentimeter: der ewige Streit um unser Innenleben. Von Freud, der auch mit seiner Schwägerin schläft, bis zu dem Mann, der selbst seine eigene Frau nicht mehr anrührt, weil er sie ständig mit einem Hut verwechselt.

Und den Rest der Stunden würde er alles wissen wollen über meine Mama, die nun wirklich klein war wie eine Maus, aber mit der ich nie, ich schwöre: nie habe schlafen wollen. Und über meinen Papa, der im zerstörten und von Flüchtlingen wie von verwilderten Schafen durchzogenen Köln mit einer großen Käsekirschtorte nach Hause kommt, sich an den Tisch setzt und sie ganz alleine verschlingt. Ein friedlicher, ein massiger, ein völlig eigensüchtiger Mann, der nur Türen schlug, wenn er meine Großmutter sah, auch eine sehr massige Frau, die Mama meiner Mama, denn zwei Frauen in einem Haus, das war ihm zu viel Mama, als würde die Maus von Mama dadurch zur Elefantenmama und erdrückte ihn, und heute weiß ich: der Mann, der ein gewöhnlicher, eigentlich liebenswerter, natürlich ganz und gar eigensüchtiger und krankhaft verfressener, zu seinem und unserem Glück aber verbeamteter Versager war, der hatte Recht mit seiner Angst. Und seitdem staune ich, wieviel alle diese dicken Süchtigen doch über sich selbst wissen. Und nichts an sich tun.

Und natürlich hätte dieser Jungdoktor mit seinen ungepflegten, langen Haaren nach meiner Großmutter gefragt, die so umfangreich war wie eine Burg. Und nach dem *Kleinen Prinzen*, ein Büchlein, das so ein junger Mann heute bestimmt nicht mehr zu würdigen weiß. Und nach meiner Sammelleidenschaft. Denn es war ja so gewesen: gleich nachdem ich im Steckbett die Augen aufschlug, fühlte ich mich in einer Falle. Ich sah meinen dicken Vater. Ich sah die schon riesengroßen Brüder. Ich sah Mama, die klein war wie eine Maus. Und ich wusste: wir beide, Mama und ich, wir sitzen jetzt im Leben fest. Denn dieses Leben ist eine Mausefalle. Punkt.

Später passierte diese Sache mit dem Universum. Großmutter versuchte mir begreiflich zu machen, dass es unendlich sei. Natürlich verstand ich damals nicht, dass wir, die wir endlich sind, die Unendlichkeit gar nicht denken können, und ich erschrak. Bei dem Gedanken an die Unendlichkeit des Universums fürchtete ich mich und begann zu zittern. Mir stockte der Atem. Mir wurde schlecht. Denn wo genau in dieser Unendlichkeit waren wir, und wieso trafen wir uns auch am nächsten Tag wieder?

Wo der dicke Vater und die großen Brüder steckten, das war mir egal.

Großmutter jedenfalls, Mama und ich lebten in dieser einen Welt, der des *Kleinen Prinzen*. Und die musste in einem Gehäuse stecken, damit sie sich nicht an diese dämliche Unendlichkeit verlor. So.

Und in was steckt das Gehäuse? Natürlich in einem weiteren Gehäuse. Und wenn ein Buch wie *Der kleine Prinz* schon ein Gehäuse hat: den Einband natürlich, und wenn es viele Welten mit ihren Gehäusen gibt, ineinander steckend, dann brauchte ich so viele Bücher, wie es Welten gibt. Und wenn dieses Scheißuniversum, wie es hieß, wirklich von unendlicher Ausdehnung war, was mir den Atem nahm und das Herz jagen ließ, dann würde ich unendlich viele Bücher brauchen, um halbwegs hinter sein Rätsel zu kommen und wieder ruhig atmen zu können –

und schon war der künftige, der besessene, nur wenige Boshafte wie gelegentlich meine Frau sollten später einmal sagen: der pathologische Sammler da.

Immer hat mir gefallen, als Buchhändler als ein »Sammler von Welten« bezeichnet zu werden. Wobei diese Wohlmeinenden gar nicht wissen, dass wir eigentlich auf das Universum abzielen. Aber wir Buchhändler sind gut beraten, darüber nicht groß zu reden. Auch die Alchimisten früher waren schließlich keine Schwätzer.

Und das alles hätte der Therapeut vor mir mit seinem Kopf eines jungen, aus dem Nest gefallenen Vogels begreifen sollen? Und das noch dazu rückversetzt in dieses Damals, in diese Zeit, in der halb Verhungerte und Ausgebombte wie verwilderte Schafe durch Köln zogen und Papa einen kompletten Käsekirsch allein verdrückte?

Ach wo, diese Zeit ist schon verloren. Krieg und Nachkrieg sind bloß noch eine Märchenstunde. Erinnern und Gedenken? Alles Schnickschnack. Meine Kindheit im Köln der verwilderten Schafe ist für diesen Jungen wie eines der grausamen Märchen der Gebrüder Grimm, die Geschichte vom Mädchen mit den abgehackten Händen zum Beispiel. Etwas in der Art.

Erinnerungskultur? Noch schlimmer. Wo nichts mehr wächst, da wird frisch Kultur eingesät.

Nein, hier war nichts zu holen. Und ich drehte ab, ich mit dem Anderen im Kopf. Und stieg wieder in den engen Fahrstuhl, in den inzwischen ein Hund (?) uriniert hatte. Und da merkte ich, dass der Andere raus wollte. Aus meinem Kopf. Er wollte töten. Jetzt, sofort. Aber es gab niemanden. Nur mich.

Und ich gleich hin zu diesem Poggenpohl in die Melchiorschänke. Und als es kein anderer hört, sage ich leise zu ihm:

Ich hab da ein Problem: einen Mörder im Kopf.

Und er: *Au weia. Gehirntumore sind ganz kompliziert.*

Und ich: *Du verstehst mich nicht.*

Und er: *Erklär dich näher, nur zu.*
Und ich: *Er kommt jeden Morgen. Und will töten. Und ich soll dann zu ihrer Mutter gehen und ihr sagen, wo die Tochter begraben liegt.*

Und er: *Verstehe. Ich persönlich habe es weder mit den Töchtern noch mit den Müttern. Aber was glaubst du, wie oft es in meinem Kopf regelrecht wimmelt von Mördern. Und wie oft und wie detailliert ich diesen Kleefisch morgens mit seinem Zigarillo schon getötet habe. Dagegen hilft nur eins: das Gift der Kreativität. Wie ich mit meinen Briefen hier. In deinen vielen Büchern zu leben, das reicht auf Dauer nicht. Zwischen den*

Büchern kommt der Kerl immer wieder in deinen Kopf. Aber vom Lesen zur Kreativität ist's nicht mehr weit. Hüpf mal ein bisschen, wie ein Frosch. Und schon bist du da. Und bist den Drang los. Und wenn er wieder kommt, hüpfst du erneut, und immer so fort. Verstanden?

Und so bin ich, dessen Spermien immer zu langsam waren, um mit Frau Ulrike ein Kind zu zeugen, an die Sache mit dem Kinderwagen von 1932 geraten. Ein ausnehmend schönes Exemplar. Gebraucht. Verwundet. Schwer vom Leben gezeichnet. Bei E-Bay ersteigert von einem Russen aus Abchasien.

Und bald nähte und färbte ich, war ich doch immer fleißig wie eine Biene. Beispielsweise brauchte ich die Farbe ausgewaschenen, fast beendeten und nahezu besiegten, aber keineswegs aufgegebenen, selbstverständlich nicht ewigen, aber sich doch von einem Niederschlag wieder erholenden Lebens, so etwas, ein ganz schwieriger Prozess.

Ich brauchte die Hilfe eines Toningenieurs und zweier Techniker der Niederfrequenz (der erste war begnadet zwar, aber litt unter unsäglicher Schüchternheit und tagelangen Depressionen, der Mann fiel immer wieder aus und kam mir ohnehin zu nahe: ich verlor den Überblick).

Ich brauchte diesen hoch begabten Parfümeur aus der Lübecker Straße, der seit Jahren von seinem

Museum der Düfte träumt, und es dauerte sieben Wochen und vier Tage, bis wir wenigstens annähernd mit dem Ergebnis zufrieden waren: jetzt hatten wir die kleinen, muttermilchgetränkten, urin- und kothaltigen Duftpartikel, die aus einem 78 Jahre alten Kinderwagen steigen, in dem sich ein blassblaues Oberbett leicht, kaum merklich hebt und senkt.

Hier fällt mir übrigens ein, dass Kleefisch gestern kein Wort von Düften gesagt hat. Ist dieser Mann nur Auge und Ohr, hat er keine Nase? Haben ihn die Chrysanthemen der Friedhofskapellen und das Formalin der Kölner Pathologien so beschädigt, dass er nicht mehr den fast erloschenen, aber doch vorhandenen, den unbesiegbaren, leichten und schönen Duft des Lebens wahrnimmt, das immer auch Tod ist?

Hat dieser Mann etwa nur noch Leichengeruch in der Nase – und allenfalls noch den Schweiß des jeweils letzten Täters, der von der Sekunde seiner Tat ab ja auch schon ein Toter ist?

Natürlich brauchte ich einen Elektromeister und einen Feinmechaniker, das war ein junger Chinese aus Fujín, dort geschult in der Fähigkeit, aus dem Schrott des chinesischen Kleinwagens *Flyer* ein Dutzend *Rolex* nachzubauen und jetzt Nudelkoch am Sudermanplatz. Ich hätte bald, wie Rubens und Rembrandt, eine Schule aufmachen können, denn die Sache sprach sich beim Kölner Handwerk rum; schließlich gab es hier statt gemeiner Lohnarbeit Erfüllung für die bisher nicht abgefragten Fähigkeiten. Ich musste die Tür zuhalten, um überhaupt noch nachdenken zu können. Einstein auf seinem roten Dreirad war nicht mehr der einzige, der Anschluss suchte.

Und so füllten sich die beiden Räume, die Frau Ulrike Tiefental mit einem hässlichen Husten verlassen hatte. Und es entstand nach und nach, in dem Kinderwagen von 1932 und weitflächig um ihn herum das atmende, sich bewegende, stöhnende (gelegentlich wimmernde), selbstverständlich auch Düfte absondernde, das hier sterbende und dort gerade geboren werdende: das bewegte Buch - die Geschichte vom Leben und vom Sterben in der Pfütze, unser Leben. Mein Leben. Ich.

Und ich lass mir von niemandem einreden, dass es nur eine Maus war. Ein über den Balkon eingedrungener Siebenschläfer gar. Oder ein bloßer Hitzestau auf den oberen Regalen, der Buchdeckel sich blähen und Seiten sich bewegen ließ: Tatsache ist, dass sich schon nach wenigen Tagen vier Bücher, Kopf zuerst, in die Tiefe gestürzt hatten. Es waren schlechte, zumindest mittelmäßige Bücher, die ich schon mit gewisser Nachsicht bei mir aufgenommen hatte - hier lagen sie, schwer verwundet, sie hatten sich aufgegeben angesichts der atmenden und stöhnenden, der sprechenden und duftenden Konkurrenz, die ich ihnen geschaffen hatte. Sie waren alle. Selbstmörder gewissermaßen. Verzweiflungstäter. Etwas in der Art.

Und ich bald hin in die Café-Bar Eigelstein's am Ebertplatz, Ecke Lübecker Straße / Gereonswall, wo täglich Punkt 17 Uhr der Bevollmächtigte des Kunstvereins von seinem Mountainbike steigt, 1,60 m höchstens misst der Mann, klein und rundlich, einen Espresso ordert, sein besticktes Jäckchen lüftet, seinen Rolli von Armani zupft, dieses Wochenblatt der Besorgten und Bekümmerten entfaltet, aus dessen Redaktionsgebäude die Mitarbeiter nur mit den Füßen voran getragen werden, so einer.

Und ich: *Ich hab da was für Sie.*

Und er: *Bloß nicht. Wir sind pleite, der Vorstand tief zerstritten, der Rat der Kunststadt Köln eine Katastrophe, Kulturpolitik mal wieder ein Schimpfwort, die Kunst selbst völlig im Eimer, die Künstler zahlreich wie noch nie und hungriger als Fliegen ohne Scheiße, am besten bringen Sie sich gleich um, ich kann nicht mehr, ich will nicht mehr, basta, ja was machen Sie eigentlich, wer sind Sie, sagen Sie schon, kenne ich Sie nicht? Haben Sie nicht schon in Brüssel ausgestellt, in dieser, in dieser, na sagen Sie doch!*

So einer ist das. Und ich war mir sicher: dieser hellwache kleine Bevollmächtigte, das ist mein Mann.

Schon zwei Tage später war er in der Rambouxstraße. Und begeisterte sich von Minute zu Minute mehr, ja geriet ganz außer sich.

Ich gebe zu: ich hatte besonderes Glück; denn an diesem Tag arbeiteten alle die komplizierten Komponenten endlich einmal völlig einwandfrei. Sogar die mehrlagige Duftkomposition in dem blauen Schlafsofa meiner Schüler- und Junggesellenzeit, auf dem sich mir vor jetzt 21 Jahren Ulrike, später Frau Ulrike Tiefental erstmals hingegeben hat, mir, der ich mit 34 Jahren noch immer unschuldig war. Und ich dachte plötzlich auf diesem Sofa, wie im Rausch: jetzt oder nie. Ich sah ihre weißen, geöffneten Schenkel. Ich streifte mir die Anzughose in die Kniekehlen. Ich betete darum, dass sie so blieb, als ich ihr, halb blind, den Schlüpfer auszog. Ich stieß eilig in sie hinein, um nichts zu verpassen. Immerhin musste ich ins Schwarze getroffen haben, denn sie sagte bald *nicht so schnell*, und da hörte ich auch wieder diesen Blues von Muddy Waters *kind hearted woman*, an dem wir uns schon den ganzen Abend betrunken hatten. Und ich wurde ruhig. Ich war glücklich. Ich hörte den Blues und roch unseren Schweiß und den Bittergeruch meiner alten Einsamkeit und den Duft ihrer Haut und ihre Scheidenflüssigkeit und ich dachte *du riechst Mösensaft, das Glück ist der Duft von Mösensaft*, so etwas in der Art dachte ich, verrückt wie ich war, überglücklich, entrückt zwischen diesen weißen Schenkeln, auf ihrem Bauch, das Leben war ein Traum und würde in goldenem Licht vergehen, und dann sagte sie mit einem kleinen, wissenden Lächeln *und wie geht's mit uns weiter?* Und ich wie nur je ein Mann und Tor und Trottel *jetzt sind wir verlobt, wir heiraten natürlich, und ich bin dir mein Leben lang treu,* und sie: nur wieder dieses kleine Lächeln, wissend, nur eine winzige Spur zu wissend, ein Lächeln, das mir einen zwanzig Jahre anhaltenden Verrat hätte ankündigen müssen.

Alles das spürte dieser hellwache, kleine Bevollmächtigte, ich war ganz sicher. Der Blues setzte ein und aus und wieder ein. Dieser Muddy Waters blökte zwischendurch wie ein Schaf. Die Duftdüsen arbeiteten exakt wie selten zuvor. Ich versank in meinen Traum von Glück und er in seinen, das Wimmern setzte ein, der Kinderwagen, und da legte mir dieser Mann den Arm um die Schultern und hatte Tränen in den Augen. Ich sah: auch er ein vom Leben Beschädigter. Und ich wusste: ich habe etwas Brauchbares geschaffen - mein einmaliges, wunderbares Glück von damals, zwischen den weißen Schenkeln von Ulrike, und das ganze dann folgende Elend, und Glück und Elend zusammen, gestaltet, sind schön. Es ist das Leben. Ein schönes Leben. Und ich war glücklich. Rundum glücklich. Wie damals, als Großmutter mir den *Kleinen Prinzen* schenkte. Und eine nur handtellergroße, eben auf Kinderformat verkleinerte, für mich ganz allein gebackene Käsekirschtorte noch dazu.

Aber dann, plötzlich, begoss mich dieser Bevollmächtigte des Kölner Kunstvereins mit Eiswasser. Mit den besten Museen dieser Welt, die er alle kannte und an seinen zehn Fingern abzählte. Mit den neun besten Galerien dieser Welt, die er im planvollen Chaos von Tokio, im Mülleimer des amerikanischen Traums von New York, im Moskau der Oligarchen, im Ameisenhaufen von Shanghai besucht hatte. Mit den 12 größten Sammlern, die er natürlich auch alle kannte wie seine eigenen Neffen und Nichten: *Es geht nicht* sagte er dann schlicht, *dieses Werk ist weder auszustellen noch zu vermarkten, es macht den Markt kaputt. Keiner kauft dann mehr ein einzelnes Objekt. Aber davon leben wir: die Welt als Kunst, und die Kunst am besten im Format der Briefmarke, und die kommt in einen Tresor. Stellen Sie sich vor, die Sixtinische Kapelle käme in den Handel. Oder auf einen Schlag alle von den Nazis geraubten Bilder. Das wäre für den Kunstmarkt der Schwarze Freitag von 1929. Weltkunstmarktkrise. Dieser Markt ist ein ganz labiles Gefüge. Schon Picasso mit seiner wahnsinnigen Überproduktion und dem Schrott seiner letzten Jahre hätte beinahe alles zerstört.*

Sprach's und schämte sich und ging und stieg auf sein Mountainbike und verschwand. Und ließ mich allein, vernichtet wie ich war: zermahlen zwischen den Buchkaufhäusern der Innenstadt und den Billigreihen aus Hongkong. Und jetzt noch zerquetscht wie eine Laus vom Gewicht der Sixtinischen Kapelle, dem Raub durch die Nazis und der Überproduktion dieses Genies aus Malaga. Und natürlich, vielleicht, von der wohlgemeinten Lüge dieses kleinen, ganz kahlen, warmherzigen Bevollmächtigten, der mich auch bloß für einen Versager hielt wie die Mehrzahl der 2000 in der Kunststadt Köln gemeldeten bildenden Künstler.

Da jedenfalls rief ich erstmals den Anderen. Hatte er mich bislang gequält, war er über mich hergefallen wie die Faust in einem finsteren Hausflur, so wollte ich ihn jetzt. Ich brauchte ihn. Und schon war er da.

Aber heute, an diesem schönen Spätsommermorgen: nichts. Auch nicht der leiseste Gedanke an ihn. Ich war schon leicht wie ein Kolibri aufgestanden. Sonne war in mir, Zukunft. Alles, was mir Kleefisch gestern von der dicken Özdamar erzählt hatte, von ihrem Kinderwagen, diesem türkischen Dolmus mit der verblassten, blauen Wanne, der kahlköpfigen Puppe, von Taslima in dem Einzimmerklo über ihr, Taslima das Reh, das schöne Kind, von diesem Salman, der weit weg am Wiener Platz seine Apothekerin im weißen Kittel beglückt, ein Feuchtbiotop der Nierenausscheidung, Zuckerlösung und Harnsäure, alles das war Licht in mir.

Ich hätte jubeln können. Ich war auf der Straße der Sieger, etwas in der Art, und ich wusste: alles wird gut. Ich werde glücklich sein mit dieser Taslima, wenn sie mich denn wirklich will.

Ich öffnete die Haustür und schaute nach Einstein. Ich hätte ihm jetzt gern etwas Gutes getan. Ihm etwas Aufmunterndes gesagt. Etwas

Väterliches, auch wenn er es natürlich gar nicht versteht.

Diese Euphorie hielt bis zu den 9 Uhr-Nachrichten in WDR 2. Da fiel die tote, gestern neben ihrem Kinderwagen im Ebertpark geschändete Mutter über mich her. Und gleich darauf diese zweite, die im Grünstreifen entlang der Inneren Kanalstraße zwischen Neusser Straße und Krefelder Straße gefunden worden war, auch sie erschlagen und offensichtlich geschändet. Kurdische Türkin die eine, Marokkanerin die andere. Muslime beide. Säkulare Muslime, also ohne Kopftuch und ohne Schleier, aber Muslime, hob der Nachrichtensprecher hervor.

Und trotz seiner betont nüchternen Art eines Mannes, der gleich anschließend den Wetterbericht verliest und die Staumeldungen, klang es wie eine Drohung, die ab sofort über ganz Köln hängt.

9

Kleefisch war an diesem Morgen schon früh im Ebertpark unterwegs. Er näherte sich vom Rhein her dem Tatort, der noch durch die Reste eines Absperrbandes auffiel, das in einem Gebüsch hing. Wo der Kinderwagen gestanden, die Leiche gelegen hatte, war der Teerbelag des Weges sauber gefegt: Kippen, Papier, Erdreste, selbst kleine trockene Äste, Steine und Blätter waren in Plastiktüten gelandet in der vagen Hoffnung, die Dinge könnten im Labor gesprächig werden.

Das letzte Gewaltverbrechen hier im Park lag eine Weile zurück: ein tödlicher, nicht aufgeklärter Messerstich in der Nähe der Toilettenanlage in der Unterführung Turiner Straße. Dieses Klo war damals beliebt als Klappe. Fixer und Trinker wärmten sich im stehenden Geruch des Urins. Neben Kleefisch onanierte einer vor der Schüssel. Wenn die Tür aufging, unterbrach er seinen einsamen Ritt, musterte den Neuzugang mit brennendem Verlangen, dann nahm er ihn wieder auf. Schließlich wurde der Lokus geschlossen. Der alte Wärter, der einiges vom unterirdischen Leben des Viertels wusste, verschwand. Ohnehin hätte er sein Wissen nie mit seinen Enkeln geteilt, wenn die Sonntags *unseren Opa, den Klomann vom Ebertplatz* auf eine heiße Schokolade besuchen kamen. Der Opa saß bei allen Besuchen still auf dem Sofa, an der Wand hinter sich die Arbeit eines ganzen Jahres:

das Panorama der Zugspitze in Schnee und Sonne, aus sorgfältig eingefärbten Streichhölzern zusammengesetzt. Kleefisch vermutete bis heute, dass Opa den Täter kannte. Aber er hatte ihn nie zum Sprechen gebracht.

Es war noch zu früh für die Stammkundschaft, die Schnorrer und Trinker, manche mit und andere noch ohne Hafterfahrung, die hier im Park in umständlicher Laberei ihre Tage zubrachten oder die sich bei Regen Bänke in die Unterführung schleppten wie Biber, die Baumaterial unter Wasser ziehen. Einer angetrunkenen Frau, die zum Pinkeln in die Büsche verschwand, ging gern einer hinterher: zusehen, wie ihr die Bierschiffe aus dem Urinloch läuft und eine schaumige Pfütze bildet. Das rosige, wunde Geschlecht betrachten, ihre glasigen, toten Augen. Nachher gab's Streit deswegen mit rot getrunkenen Köpfen.

Aber jeder Streit war beendet, sobald ein Fremder auftauchte. Dann duckten sie sich wie Hühner, über denen der Bussard kreist. Trotz steigenden Pegels waren sie gute Beobachter, sie behielten die Bewegungen im Park genau im Auge.

Das hatte Kleefisch zu nutzen gewusst, zuweilen auch für einen Hinweis gezahlt.

Abends, tief im roten Bereich, wenn sie schwerhörig geworden waren und die Stimmen brachen, gab's Streit und vereinzelt was auf die Ohren; bevor sie sich zerstreuten mit kleinen, unsicheren Schritten, als seien die Füße verkrüppelt oder zusammengebunden. Kaum einer war über dreißig und alle uralt. Kleefisch hasste sie, weil sie ihm schon mit dem Endzustand seines eigenen Verfalls winkten. Und er bedauerte sie. Klärschlamm der nördlichen Stadtteile und von der anderen Rheinseite. Schon jetzt kaum noch zu reparieren.

Als Kleefisch die Mannschaftswagen der Polizei in der Parkschleife der öffentlichen Busse sah, wusste er, dass er heute keinen von ihnen treffen würde. Sie hatten ihr eigenes, gut funktionierendes Alarmsystem.

Um die lange schon trocken gelegten, verrottenden, einst schönsten Wasserspiele Kölns herum hatten sich etwa zweihundert Türken versammelt. Kurden, verbesserte er gleich seinen Kopf, kurdische Männer und Frauen und auch Kinder.

Solange die PKK unter dem Dinosaurier Öcalan in Anatolien und im Norden Iraks zunächst für ein unabhängiges Kurdistan, dann wenigstens für eine autonome Region gekämpft und das türkische Militär mit der Zerstörung ganzer Landstriche und der Ermordung ihrer Bewohner geantwortet hatte, waren diese Wasserspiele der zentrale Sammelpunkt für Demonstrationen gewesen.

Immer wieder hatten Busse aus der ganzen Republik kurdische Männer, Frauen und auch Kinder hier entladen. Mit mustergültiger Disziplin, selbstverständlich die Reihen der Männer vorneweg, dann die Reihen der Frauen, dahinter die Frauen mit Kindern, gefolgt von Müttern mit Kinderwagen und vereinzelten, schwerfälligen, flach und mit geschwollenen Füßen schlurfenden Großmüttern zogen sie von hier aus in die Innenstadt, zum Neumarkt oder zum Vorplatz des Domes. Sie schwenkten dabei die letzten roten Fahnen eines Sozialismus, der in Köln immer einen folkloristischen Beigeschmack gehabt hatte wie die indische Reistafel, die in

Bananenblätter gewickelten Hackfleischröllchen aus dem Süden beider Amerikas: unwirklich und fremd, ungenießbar wahrscheinlich, verweht längst wie eine bloße, inzwischen unsinnige Behauptung.

Hier aber erhielt sie noch gewisse Bedeutungsschwere durch die zahlreichen großformatigen Fotos junger, kurdischer Männer, die gefoltert worden waren. Ermordet. In Kasematten und Erdlöchern lebend begraben. Oder die einfach seit Jahren spurlos verschwunden waren, sodass selbst angrenzende Kölner Geschäftsleute nur verhalten murrten über erneuten Umsatzrückgang und Verdienstausfall. Und einzelne Passanten sich wenigstens untereinander empörten über eine kleine Gruppe nationaler, offensichtlich gerade jetzt emsig berufstätiger Türken: auf dem Grünstreifen des Hansaringes rissen sie schwere, hölzerne Papierkörbe aus der Verankerung und versuchten, sie in den Zug ihrer doch Brüder und Schwestern zu schleudern. Und auf Kinder, von denen sie selbst zahlreiche gezeugt hatten.

Das war Vergangenheit. Damals hatte sich auch Kleefisch über Kölns schönsten, aus Kuben und Scheiben bestehenden, großflächigen Brunnen gefreut. Er hatte gern an seinem Rand gesessen, dem Geräusch des steigenden und fallenden, zerstäubenden Wassers zugehört und Zeugs gedacht, das er nicht mehr erinnerte. Wie einer am Meer sitzt, immer wieder gern, und jetzt weiß er längst nicht mehr, was er damals alles gedacht hat. Die Sucht nach Meer in Köln am Rhein.

Damals hatte er begonnen, diese Kurden zu schätzen und zu mögen. Der ruhige, von Erfahrung und Bitternis gesättigte Ernst, mit dem sie um ihre Toten und Verschwundenen trauerten. Und wie sie, gänzlich unaufgeregt, hier für eine Sache kämpften, die aussichtslos war. Sie waren einmal vom vollen Teller runtergefallen, und dabei bliebe es. Krümelfresser der Geschichte. Ein merkwürdiges Volk, dieses Volk ohne Land, das sich freilich längst in Hinterzimmern und Kellern und geheimen Lagern die gleichen Ganoven und Henker züchtete, gegen die es in Anatolien antrat.

Eine Weile hütete die Kölner Staatsanwaltschaft ihre Kriegskasse, die bei einer Razzia beschlagnahmt worden war. Mit krimineller, durch alle ihre Toten und Verschwundenen geheiligter Energie füllten sie rasch neue, kleinere, dezentrale Kassen, Eichhörnchen, die Vorräte für den Winter verscharren.

Auch das war vorbei. Der Brunnen lief nicht mehr und verrottete. Kleefisch war zwischendurch voll aufs Gesicht gefallen und unsicher wieder aufgestanden. Und jetzt waren die Kurden erneut da. Dieses Mal wegen zweier erschlagener Frauen. Diese Kurden waren so oft nach Köln gefahren, denen steckte, wie den Marathonläufern, der Weg noch im Kopf. Und die Beine fanden ihn selbst im Schlaf.

10

Kurz nach 10 Uhr schlitterte dieser Umschlag über den Hausflur. Auch heute wurde die Klappe des Briefkastens so hart zugeschlagen, als lauere ich als Giftspinne dahinter. Eine Tarantel oder Schwarze Witwe, etwas in der Art. Ein fürchterliches Weib, diese neue Postbotin.

Der Umschlag war lindgrün. Längsformat. PC-beschriftet. Gestern in Köln abgestempelt, kein Absender. Er enthielt nichts als das Farbfoto eines Mannes, der leicht versetzt hinter einer Frau steht. Er verdeckt sie bis auf ihren Oberkörper, der über die Führungsstange eines Kinderwagens gebeugt ist.

Ein unbefangener Beobachter mag vermuten, dass die Frau gerade die Lippen spitzt zu einer ganzen Serie dieser Stummelwörter der Zärtlichkeit, mit denen scheue Zwergkaninchen gelockt und wehrlose Kleinkinder bedacht werden, denn ihr Gesicht, auch ihr Profil ist nicht zu sehen. Eine breite, blonde Haarsträhne hat sich gelöst und verdeckt es. Schwarzes Haar ist nachgerutscht und zeigt, dass es sich um eine falsche, bloß nachgemachte Blondine handelt.

Der Kinderwagen ist ein altes, sehr hochrädriges Gefährt mit blauer, schon fleckiger Wanne.

Der Mann hat den linken Arm halb erhoben. Er könnte damit jemanden grüßen, gäbe es nicht diesen nur undeutlich erkennbaren Gegenstand in seiner Hand, der an seinem oberen Rand einen kleinen Lichteinfall reflektiert wie einen winzigen Stern.

Dieser Mann hat eine verblüffende Ähnlichkeit mit mir, dem Linkshänder Günther Tiefental.

Zunächst war ich versucht, mich zu empören. Weil ich benutzt wurde. Wie wir uns ja zu Recht empören, wenn sich Gegenstände selbständig machen und unser verlorener Reisepass, die Scheckkarte sich plötzlich mit Taten melden, die fälschlicherweise uns zugeschrieben werden.

Dann fiel mir dieser Wildpisser im Ebertpark ein, der schräg hinter mir aus einem Gebüsch getreten war. Ich hatte keinerlei Erinnerung mehr an diesen Mann bis auf jenes Bein, das er mit den letzten, wohl in die Hose gegangenen Tropfen ebenso umständlich wie unanständig schüttelte und den Fotoapparat auf seiner Brust.

Diese Erinnerung - ein Schemen bloß, dieser Mann, ich sehe einzig sein auf so widerliche

Art mit den letzten Urintropfen geschütteltes Bein und den Fotoapparat, ein großes, ältliches Modell - und das wiederholte Studium des Abzugs machten mir endlich klar, dass wirklich ich es war.

Ich war dieser Mann mit dem erhobenen linken Arm, der mir auf dem Foto so verblüffend ähnlich sah.

Ich war es als der Andere.

Ich war es in einem Augenblick, in dem ich mich versuchsweise verlassen hatte. Wie sich jemand im 32. Stock eines Hochhauses aus dem Fenster beugt, probeweise dem Punkt entgegen, von dem ab es keine Rückkehr mehr gibt. Und ein anderer, genauso versuchsweise, sich den Lauf einer scharfen Waffe in den Mund schiebt und mit dem Finger am Abzug nach dem Druckpunkt tastet.

Da war mir klar, dass ich ab sofort der Gefangene dieses Wildpissers vom Ebertplatz bin.

Und jetzt, mit den beiden erschlagenen und neben ihren Kinderwagen auf dem Rücken liegenden Frauen auch der Gefangene der ganzen Stadt.

11

Der Zeiger der handtellergroßen Uhr hinter seinem Schreibtisch zitterte, fiel dann wie endgültig abgestorben auf die Sechs, ruckte endlich weiter: 13:30 Uhr, als Kleefisch einen lindgrünen Umschlag ohne Absender, Längsformat, PC-Beschriftung aufschlitzte und ihm ein Farbfoto entnahm.

Er pfiff leise durch die Zähne. Das hatte früher, ohne Zahnprothese, besser geklungen.

Er versuchte Tiefental telefonisch zu erreichen, vielleicht hatte der Künstler ihm etwas zu sagen. Vergeblich. Er setzte sich unten an den Tresen und drehte ein frisches Glas *Schweppes* in der Rechten. Immer wieder. Bis er sich selbst mit der Linken auf die Rechte schlug, als sei sie eine lästige Fliege.

Er brauchte den genauen Todeszeitpunkt der beiden Frauen.
Die Körpertemperaturen, als sie gefunden wurden.
Mögliche Faserspuren.
Die gesamten Laborbefunde.

Auch das neue Präsidium in Köln-Kalk war groß und löchrig, für ihn noch immer ein Schiffswrack, zu dem er hinabtauchen und das er mit Handscheinwerfer untersuchen konnte:

hier die Schlafkojen der Mannschaft, der Maschinenraum, die Ruderanlage, dort die Kajüte des Kapitäns und der Tresor.

Das Fotoatelier Hackenberg am Klingelpütz musste heute noch prüfen, ob an der Aufnahme irgendetwas montiert worden war.

Kleefisch schrieb, die Uhr in der Hand, alle Zeiten mit Tiefental von gestern untereinander auf einen Block. Tiefental, bis auf eine winzige, sehr unwahrscheinliche Zeitlücke vor Auffindung des ersten Opfers, schien aus dem Schneider. Wie aber und warum und woher dann dieses Foto?

Die Angehörigen der beiden Frauen würde er noch mindestens einen Tag in Ruhe lassen: hier stieße er jetzt nur auf Mario Lieberman. Den hatten sie alle *Die Termite* genannt. Und der hatte im Präsidium den letzten Segeltörn des Johannes B. Kleefisch in die Frühpensionierung rasant und genussvoll beschleunigt.

Sein Assistent Kaczynski kundschaftete aus, wo der Chef zubeißen konnte. Und dann zermalmte Lieberman mit kleinen, abgekauten Zähnen einen Kollegen nach dem anderen, über die er schon seit langem geheime Dossiers führte. Ein Mann, der als Kind nie gestreichelt worden war und der sich jetzt zweimal täglich die Speckseiten massieren ließ. Ein Partylöwe noch dazu, natürlich Karnevalist, der im Rosenmontagszug auf einem Wagen stand und Pralinenschachteln abfeuerte wie Geschosse. Kleefisch sah ihn in der Ehrenstraße auf seinem Wagen lachen, nachdem er eine Frau an der Brust getroffen hatte. Es war Karneval, alle lachten. Lieberman lachte und war nicht aufzuhalten. Irgendwann wären die Straßen mit Wahlplakaten gesäumt: Lieberman für alle, und für Lieberman bald eine Fahrkarte nach Berlin. Dieser Lieberman, das war einer, gegen den sein früherer Chef, der umnachtet gestorbene Wehner, rechtzeitig auf einem seiner kleinen, gelben, mühelos zu verschluckenden Zettel ein Komplott skizziert hätte.

Kleefisch reichte es, wenn *Die Termite* jetzt hier als Leiter einer Sonderkommission ins Viertel einbrach und hoffentlich bald wieder verschwand. Wenn Lieberman nicht auf Anhieb erfolgreich war, würde er schnell wieder verschwinden. Er war zu schlau, um sich beschädigen zu lassen.

Wieder drehte Kleefisch das *Schweppes*-Glas.

Das Viertel. Sein Viertel. In dessen Melchiorstraße ihn Mama unehelich groß gezogen hatte. Damals noch unter lauter Missbilligung des Sozialamtes, das keinen Pfennig rausrückte. Und selbst der Pfarrer von St. Agnes hatte die Stirn in Kummerfalten gelegt. Was für Zeiten. Und jetzt war es ein Viertel, in dem irgendwo einer lebte, der vormittags zwei Frauen erschlug, kurz hintereinander wie Hühner, und der ihn ab mittag des nächsten Tages als Billardtisch nutzen wollte. Einer, der die Melchiorschänke und ihre Stammgäste sehr genau kennen musste. Und der Kerl versuchte jetzt, eiskalt über die Bande zu spielen.

12

Das Gift unserer Autobahnen müsste ich täglich verkosten – wie sich früher die Großgrundbesitzer Ostpreußens und der russische Adel regelmäßig kleine Mengen an Arsen einverleibten, um so trainiert den großen, unaufhaltsamen Giftanschlag der Verwandtschaft fröhlich zu überleben. Als nur gelegentlicher Nutzer bin ich in dieser kopflosen Raserei verloren. Wer hier nicht mithält, der landet, wie ein abgerissener Auspufftopf, auf dem Sicherheitsstreifen, der eine Hölle für sich ist. Also weiter.

Erst nach über einer Stunde Fahrt war ich ruhiger geworden und hatte mich bei 110 km/h eingependelt. Ich begriff aber noch immer nicht, warum mich zip zip zip ganze Städte wie Geschossgarben überholten. Hier herrschte Krieg. Einzelne Landesteile schienen auf der Flucht. Auf der Gegenfahrbahn war, Blaulicht voran, eine Kolonne Mannschaftswagen der Bereitschaftspolizei nach Köln unterwegs. Und ich schlich verwundet mit meinem Ford Fiesta durch die Linien, von denen ich nicht wusste, ob Feind oder Freund.

Die 14 Uhr-Nachrichten in WDR 2 nannten tausend Türken oder Kurden, ich kenne mich in diesem Frontverlauf nicht aus, die sich am Brunnen des Ebertplatzes versammelt hatten und inzwischen mit einem Marsch zum Dom drohten. Bis zum Abend wurden mehrere tausend erwartet.

Die Wälder wurden jetzt dichter. Weite, sanft geschwungene, dünn besiedelte Täler. Eine Landschaft zum Durchatmen. Sehr schön. Kurz vor Kassel verschwand der Kölner Sender ganz. Wir sind wirklich stets Musterschüler: nach den Nazis, die uns großdeutsch modernisierten, wollten wir föderale Demokraten sein. Und übereifrig fielen wir in die Kleinstaaterei des 18. Jahrhunderts zurück mit Landesfürsten, Residenzen und Bildungshoheit, die uns knapp den Standard von Papua-Neuguinea garantiert. Ich fuhr nicht durch ein anderes Bundesland, ich stieß gleich in ein ganz neues Land vor. Und das nur, um mich bei diesem Poggenpohl im südlichsten Zipfel Niedersachsens ein wenig vom Schock zu erholen. Und um den Mann, der mir geraten hatte, wie ein Frosch zu hüpfen, um den einen und anderen kleinen Rat zu fragen. Etwas in der Art.

Die kleine Fachwerkstatt Hann.Münden war schön und tat mir gut. Noch zitterte ich vom Krieg auf der A 44 Dortmund-Kassel und der A 7 Frankfurt-Hannover. Umso mehr genoss ich es, in dieser Puppenstube herumzulaufen: ein mittelalterlicher Fachwerkkern zwischen drei Flüssen, Wehren, Schleusen, Wildwassern, ein Schloss. Schmale

Gassen, durch die alle die zahlreichen Besucher mit nach oben verrenkten Köpfen schlenderten: Puppen in einer Puppenstadt, ausgerichtet auf die Fachwerkgiebel von 1500 ff, die krumm und gefährlich geneigt in die Straßen hingen. Spielerisch auch und unwirklich. Niedlich und sicher höchst unbequem zu bewohnen zusammen mit Holzwürmern, Mäusen, Silberfischchen und Ratten ... ein Modellbaukasten des Heimatpflegers und seiner Helfer, die hier mit kleinen Tupfern von Leim, winzigen Hölzern und Pinzetten zu Gange gewesen waren. So erhielten sie mit großer Kunstfertigkeit etwas, das sie längst auf der Liste *Weltkulturerbe* der Unesco sahen. Aber in schlauer Bescheidenheit und angesichts einer unlauteren, weil geistlichen Konkurrenz wie jener des Kölner Domes forderten sie es nicht lautstark ein.

Auf einem der harten Stühle der Eisdiele Cortina begriff ich, warum ich mich hier wohl fühlte. Und warum Poggenpohl hier war: diese Stadt gab es eigentlich gar nicht. Sie war eine Fiktion. Ein bloßes, intelligentes Spiel im Windschatten des Landes, ein fröhlicher Spielmannszug des Mittelalters.

Himbeerbecher beruhigen mich und fördern, wie übrigens auch der Regen, nicht nur meine Verdauung, sondern auch das Denken.

Es sollte mich nicht wundern, dachte ich zwischen Sahne und zerquetschter Beere, wenn Poggenpohl den Frost seines ersten Schlaganfalles nur vorgetäuscht hatte, um sich in diese Oase zurückziehen zu können. Wie andere, äußerlich noch Kerngesunde, aber innerlich schwer Bedrohte an die Tür der Psychiatrie klopfen und vorsorglich um Einlass für den Rest ihrer Jahre bitten. So etwas. In der Art.

Und ich dachte wieder: hier bin ich richtig. Dieser Poggenpohl, das ist mein Mann.

13

Die Özdamar hatte die Vorhänge geschlossen. Kundschaft. Aber sie musste Kleefisch während ihrer Arbeit erkannt haben, denn sie ließ ihn mit dem Türsummer ein. Irgendwo ein Spiegel, eine Kamera. Vor ihrer Wohnungstür standen ein paar abgetretene Slipper. Ein ordentlicher Freier, der auf Socken zur Hure ging. Und gewaschen und barfuß zum Gebet.

Kleefisch schlängelte sich bis zum Treppenhaus durch, um den alten Kinderwagen mit dem Foto zu vergleichen. Einwandfrei: die dunkelblaue, schon fleckige Wanne mit der Schramme an der Seite. Er stieg die Treppe hoch und klopfte. Süße, verhalten bombastische Musik hinter der Tür, schwülstig und verlangend, Zuckerwatte und Trompeten, indische Filmmusik, nichts für seine Ohren. Er klopfte wieder. Die Musik brach ab, aber die Tür ging nicht auf. Dafür erschien unten im Flur die Özdamar, rosafarben und füllig im geblümten Bademantel, eine ihrer schweren Brüste hing raus. Sie sah Kleefisch und brüllte:

Kind, mach auf. Es ist dieser Kleefisch. Der Freund von deinem neuen Freund. Und verschwand wieder in der Tür. Sie hatte sich, wie ein Kraftfahrzeugmeister, der gerade tief im Getriebe eines Wagens steckt, nur kurz herausgebeugt, um eine kleine Angelegenheit zu klären. Sie war hier die Chefin und hatte alles in der Hand. Und schon ging die Arbeit am Getriebe des Kunden weiter, unter dem sich schon eine Öllache gebildet hatte.

Taslimas Wohnklo war, wie eine Theatergarderobe, geflutet von langstieligen gelben und roten Rosen in Vasen, auch in kleinen Plastikeimern. Kleefisch überschlug: wenigstens fünfzig, dann war er schon bei achtzig. Tiefental hatte einen Blumenladen aufgekauft, entweder den in der Neusser Straße *Vorsicht Stufe!* oder den hier am Eigelsteintor *Herr Noss & Herr Mehlis.* Tiefental meinte es wirklich ernst. Kein Zweifel, der Don war ein ernst zu nehmender Mensch.

Want tea?

Always.

Sie würden sich also, wenn überhaupt, in Pipi-Englisch unterhalten. Sie in dem, was die Briten achtlos wie Gerümpel am Quai zurück gelassen hatten, als ihr letzter Truppentransporter vom *Gate of India* in Bombay ablegte und Indien erst einmal im Chaos der Unabhängigkeit und Teilung versank. Und er selbst in dem eines Jungen mit kurzen Hosen und Schlagmütze, der schlecht in der Schule, aber schnell auf den Schwarzmärkten des ausgebombten Köln lernte. Es war mühsam. Ihm fehlten die Wörter. Und Taslima ersetzte flüssig die ihr fehlenden durch solche in Hindi oder Gujarati oder Marati oder was wusste er: seit dieser unsäglichen Geschichte mit dem Turmbau zu Babel klappte schließlich rein gar nichts mehr.

Sie saß auf dem Schlafsofa, weiße Bluse, blaue Jeans, er auf einem schmalen, kippligen Sessel davor. Sie lächelte, zeigte kleine weiße Zähne, er lächelte zurück. Die Rose auf der rechten Wange. Ein schönes Mädchen mit getönter Haut, bis auf diese ungeschickt gebleichten und gefärbten Haare, die wie eine billige Perücke wirkten. Um den Hals trug sie ein schwarzes Band. Kleefisch fragte danach.

Yeah, I never drop it. It's for Goddess Meldima sagte sie. Und Kleefisch verstand, dass Allah sich hier die Beute teilen musste.

In Peru hatte er Hausaltare gesehen, auf denen sich der Gekreuzigte an selbstgedrehten Zigarren und Schnapsfläschchen stärken konnte *Gordon's Dry Gin / Tullamoores Old Brand / Tallahassy Red Banner.* Nach der 17 Uhr-Hitze wehte ein erstes kühles, aber staubiges Lüftchen vom Hang der Kordillere durchs Städtchen. Dann machte der Pastor, ganz in Schwarz, aber verschwitzt und seit langem nicht gebügelt, mit müden Trippelschritten seinen Kontrollgang. Als erstes warf er einen langen Blick in die noch leere Bar von Guillermo Humala mit ihren sechs kleinen Hurenkammern wie Pferdeboxen direkt gegenüber der langen Theke. Und schon wurden die Hausaltäre verhangen und die Götzen der Ahnen versteckt.

Kleefisch zeigte ihr das Foto.

Yeah, it's me. And Gunter. He was so nice. He pretended all the time that my puppet was really a baby.

Die Özdamar hatte schnell gearbeitet. Sie wusste, dass Tiefental etwas an der Backe hatte.

Kleefisch rätselte wieder über den erhobenen Arm dieses Linkshänders. Und über den Lichtreflex an seiner Hand. Das Fotoatelier Hackenberg hatte den Abzug vergrößert, auf eine Leinwand projiziert, auch damit war nicht zu erkennen, was Tiefental in der Hand hielt. Und was er damit gerade vorhatte zu tun oder vorgehabt hatte.

Jetzt war er unauffindbar. Und Taslima fürchtete sich. Die Özdamar hatte sich entrüstet, aber seit dem Auffinden der beiden Leichen war ihr Kind nicht mehr aus dem Zimmer gegangen. Auch das sagte sie lächelnd und zeigte dabei kleine weiße Zähne. Sie sagte *Yeah Yeah* und schüttelte den Kopf. Kleefisch war irritiert. Dann erinnerte er von einer Badereise an die weiten, nur zum Teil vollgekackten Strände von Goa, dass Kopfschütteln in Indien Ja-sagen bedeuten kann.

Kleefisch steuerte das Café neben dem Eigelsteintor an. Ein Wagen der Videoüberwachung stand hier mit dunklen Scheiben, zwei Mannschaftswagen, deren Besatzungen tief im Koma des Bereitschaftsdienstes lagen. Von den Wasserspielen her ein undeutlicher Geräuschteppich. Ein Megaphon dann. Das Grundgeräusch einer stündlich wachsenden Menge, nicht offen feindlich, aber unbekannt, nicht einzuschätzen, in sich geschlossen wie eine Kugel oder eine Faust. Das Unbekannte im Land. Ein anderes Land. Die Anderen im Land.

Vor der Terrasse des Cafés stockte Kleefisch und drehte um. Er ging durchs Eigelsteintor an einem dort liegenden jungen Penner vorbei, steuerte den Laden von *Herr Noss & Herr Mehlis* an und kaufte eine rote Rose.

Giovanna hielt, eisern und schnell, mit pochenden kleinen Schritten und dem Lachen der Giulietta Masina in einem

Film von Fellini das ganze Café zusammen. Giovanna war klein und scharf geladen. Wenn sie auf Türken stieß, auf Serben oder Kroaten, auf Rumänen gar, konnte sie explodieren. Nach innen nur, also implodieren, des Geschäftes wegen. Sie arbeitete so heftig wie sie liebte und hasste. Für sie war die Rose. Seit Jahren beobachtete Kleefisch, wie sich langsam erste Falten in ihr Gesicht gruben, der Mund bitterer wurde. Noch immer hatte sie kräftige Zähne. Wie ein Frettchen könnte sie dem Mann, der sie verlassen wollte, die Armvene durchbeißen oder den Penis. Vorsicht vor Giovanna.

Erst jetzt fiel ihm auf, dass nirgends auf dem Platz oder vor dem Café Kinder zu sehen waren. Keine Küken, keine Glucken. Für gewöhnlich führten am Nachmittag hier die Frauen ihr Stück von der unendlichen Verständnisbereitschaft der Mütter auf. Sie ließen sich öffentlich knechten wie Heilige. Aber jetzt: niemand. Mütter und Kinder waren weggeschlossen. Die Stadt wurde belagert. Von den Kurden, Türken, Arabern, Nordafrikanern, Pakistanis, Indern: den Muslimen, die vor 1400 Jahren im Gebet versteinert sind. Von dem unbekannten Täter. Von der Bereitschaftspolizei. Von Liebermans Truppe. Von der Angst.

Wieder pfiff Kleefisch durch die Zähne. Es klappte nicht mehr. Neuerdings klappte es lange nicht immer. Giovanna kam, nahm sich die Rose, lachte wie in einem dieser Filme von Fellini, die keinen richtigen Anfang haben, und ein Ende sowieso nicht. Alles ist Film und Schaum und Hinterhalt. Fellini.

Auf dem Rückweg zur Melchiorschänke und seinem Büro schlängelte sich Kleefisch durch die Menge, die sich um die trockenen, verrottenden und faulig riechenden Wasserspiele versammelt hatte. Die Stadt war pleite. Aber weiterhin pokerten, schweigsam, mit der Konzentration und Gelassenheit erfahrener Spieler, die Ratsparteien um alle verfügbaren Aufsichtsratsposten. Die Gewinner flogen emsig in den städtischen Guthaben hin und her wie Bienen.

Überwiegend Männer waren hier versammelt. Viele Schnurrbartträger. 7-Tage-Bärte. Aber auch Frauen und Kinder. Und vereinzelte Großmütter: geweitet, in schlaffe Falten gelegt, die Bandscheiben beschädigt, der Unterleib ausgeräumt, die Diabetes, die Herzinsuffizienz. Die Liebe war gegangen, wenn sie überhaupt jemals angekommen war, die Arbeit geblieben. Die Kinder und Enkel. Der Mann. Das fremde Land. Das Telefon noch immer ein böser Geist. Im Fernsehen lauter Zirkusnummern, ganz ohne Nutztiere, der Computer ein Brunnenschacht. Er schluckt die Kinder, die keine Antwort mehr geben.

Gegenüber dem *Metropol-Kino* der Beginn eines Demonstrationszuges, der über die Ringe zum Neumarkt führen sollte, angemeldet, genehmigt, mit Blaulicht eskortiert, die Stadt wollte das Gesetz hinter sich bringen, die Kanalgebühren der Demokratie entrichten. Am Theodor-Heuss-Ring warteten schon Kleinlaster mit rotierendem Gelblicht darauf, alles zusammenzufegen und zu spülen wie nach einer Party, die dem Gastgeber entglitten ist.

Eine Frau schluchzte laut auf. Schnell wurde sie von drei Männern abgeschirmt, die sich über sie stülpten wie Kerzenlöscher.

Kleefisch fragte einen 7-Tage-Bart nach dem weiteren Verlauf. Er verstand ihn ganz offensichtlich, aber wollte nichts begriffen haben. Er sah ihn lange an. Dann kam plötzlich ein kochender Schwall aus seinem Mund in einer Sprache, einem Dialekt, den Kleefisch nicht orten konnte, heftig, wütend, immer wieder ein neuer Schwall, die selben Laute und Rhythmen, Schimpfwörter vielleicht, Flüche möglicherweise, Beschwörungen aller Geister auch, Kleefisch verstand nichts, er hörte nur Wut und Empörung und Hass dieses Mannes, der unbeweglich wie ein Kaffeeautomat vor ihm stand, kein Bein rührte und keinen Arm bewegte, nur aus diesem Mund sprudelte es, als habe er, Kleefisch, eine Münze eingeworfen und auf den roten Knopf gedrückt.

Kleefisch begann selbst wütend zu werden, während sich die Umstehenden abwandten, nichts gesehen, nichts gehört, ein Zorniger zwar, ein Empörter gar, einer, der außer sich ist, einer der zahlreichen Epileptiker vielleicht, wo ist sein Beißring, aber ein Bruder doch auch.

Wieder wurde Kleefisch von einem inzwischen nassen Schwall getroffen, und die Wut in ihm auf diesen Mann stieg. Einer der Jünger dieses Kalifen von Köln vielleicht, des kleinwüchsigen Metin Kaplan, der in seinem Zentrum in Ehrenfeld wenigstens 1200 Anhänger versammelte, um aus der bedingten Republik Türkei einen Gottesstaat zu machen: das Kalifat. Dieser Sozialhilfeempfänger Kaplan hatte auch ihn jahrelang beschäftigt, hatte sich eingeklagt und ausgeklagt und war wegen Morddrohung und Mordkomplott schließlich verurteilt worden, hatte gesessen, hatte erneut geklagt und war endlich, in der Abenddämmerung der Legalität, in die Türkei abgeschoben worden. Und dort wurde er jetzt, ohne dass inzwischen noch jemand hinzusehen wagte, langsam und systematisch, Tropfen um Tropfen, ausgehöhlt wie ein ohnehin schon poröser Stein, bis er zerfiel.

Noch ein Schwall. Kleefisch, der schon die Faust geballt und die linke Augenbraue des Mannes angepeilt hatte, drehte sich abrupt um und ging weg. Er schnaufte. Die Betablocker lagen im Büro.

Er steuerte noch den Briefkasten der *Dresdner Bank* an, um ein paar Überweisungen loszuwerden. Da erst fiel ihm auf, dass er gar nicht mehr auf diesen Verrannten wütend war, den Epileptiker, diesen Anhänger des wahnsinnigen Kalifen von Köln, sondern auf sich selbst. Auf alle wie ihn. Auf das doch bequeme Leben von uns allen.

Wie lange hatten wir diese ganzen Länder ausgenommen wie Weihnachtsgänse. Und abends mit gespitzten Lippen einem dieser bequem Fernreisenden zugesehen, der zur Abwechslung nicht eine Büffelherde porträtierte oder afrikanische Flusspferde oder die Kinderstube der Erdhörnchen, sondern das Leben in einer Dreckhütte Pakistans: die Fliegen, die Ratten, die Viren und Bakterien groß wie Wanzen, die Frauen und Kinder, die offene Kloake, der Monsun, der alles kniehoch voller Scheiße spült. Und schon kommt mit langem Schritt die Cholera und hat gleich den Typhus untergehakt, die Beulenpest, die Lepra. Und am Ende der zugemüllten, überschwemmten Gasse, in der jetzt nacheinander eine tote Ziege, zwei Hühner und ein schwarzweiß gescheckter Hund durchs Bild treiben und über der die Geier kreisen, darunter eine dicke Wolkenschicht gut genährter Fliegen, da lauert, ganz in Weiß und mit kleinem, dünnen Bart, der Imam.

Das sehen wir. Und er, der Verrannte, dieser Epileptiker, der Anhänger des wahnsinnigen Kalifen, dieser vor 1400 Jahren im Gebet Versteinerte, der es auf wundersame Weise über acht Grenzen bis zu uns geschafft hat, der hört hier nur Tag und Nacht und ohne dass wir ein einziges Wort sagen, der hört durch unser bloßes Hiersein, durch unser Leben, unsere Häuser, unsere Frauen und Autos und Kneipen, durch mich, durch dich, dass er verloren ist. Rückständig. In der Steinzeit der Religionen steckengeblieben. Völlig aussichtslos. Ein Scheißkerl, nichts weiter.

Und dann, gereizt vom ewigen Blöken der Hammel und dem Schärfen der Schächtemesser, von den Totgetrampelten des Hadsch, den abgeschlagenen Händen der Taschendiebe in Riad und den gesteinigten Frauen in Nigeria, gar nicht erst zu reden von den Vorwänden, die der Terror dem evangelikalen Gotteskrieger so reich auf seine Ranch in Texas liefert, machen wir doch den Mund auf. Und sagen diesem Epileptiker, dem Anhänger des wahnsinnigen Kalifen, dass sein einziger Reichtum, den er mit den Suren in seinem Kopf hütet, mit der Verehrung in seinem Herzen und mit dem Lebenssinn in seinen fleißigen Hoden: dass alles das ein katastrophaler Irrtum ist. Dass der Karawanenhändler Abuk Kasim Muhammad Ibn Abd Allah aus Mekka gewiss einst ein kluger Mann war: ein Grabescheit für den Bauern. Der eindringliche Warner vor dem damals noch nicht beschauten, voller Trichinen steckenden Schweinefleisch. Und, natürlich: ein Pfad, der zur Wasserquelle führt. Aber dass seine Vorstellungen heute modernisiert werden müssen wie das ganze Scheißland, aus dem er kommt. Sagen wir. Und haben so Unrecht nicht. Aber er hat doch auch Recht mit seinem einzigen Guthaben. Eben weil es sein einziges ist. Weil er an einem wirklich guten Tag bei der Begegnung mit ihm, diesem einzigen Guthaben, etwas von sich findet: seine Erbärmlichkeit, aber auch seine kleine Pracht.

Und schon ist die Sprache weg.

Die Sprache ist weg sagte Kleefisch laut vor sich hin, als er von der Bank in die Neusser Straße einbog vorbei am Videoshop und der türkischen Hähnchenbraterei: *zwischen uns ist alles aus. Die Sprache ist weg.*

Und er nahm sich vor, das heute abend dem Poggenpohl am Telefon zu sagen. Der würde sich die Hände reiben. Schließlich hatte der es immer mit der Sprache, wie der *Don* es mit der Kunst hatte. Und Poggenpohl sagte das schon lange: *Die Sprache ist weg.*

Und lange schon hatte Kleefisch den Verdacht, dass dies und nicht sein lächerlich kleiner Schlaganfall der eigentliche Grund dafür war, dass er ihn hier allein gelassen hatte und in dieses evangelische Seniorenheim getürmt war. In die kleine, mittelalterliche Stadt. Dort wurde er gepflegt, ja gehätschelt als ein Mann aus der großen Stadt. Und dort konnte er einen Glauben leben oder auch nicht. Es war ja ein bequemer Glaube geworden. Er ließ sich anknipsen und wieder aus, ganz nach Bedarf. Wie die Nachttischlampe des Schlaflosen.

Als Kleefisch jetzt die Polterei auf der Treppe hoch zu seinem Büro hörte, wusste er, dass sie, wie die Herren des Morgengrauens, nicht erst anklopfen würden.

Kaczynski trat als erster ein. Der war immer die Vorhut. Lieberman, im hellblauen Sommeranzug, zehn Kilo Übergewicht, trug einen neuen Panama auf seinen schon schütteren Haaren, ein ausnehmend teures Modell. Lieberman verstand sich zu kleiden. Er hatte reich geheiratet: eine kleine, aber wunderschöne Lampenfabrik im Bergischen Land. Wie immer war er, wie der Mond, wenn er einen Hof hat, von einer Parfümwolke umgeben.

Um es gleich klarzustellen: den Mord an den beiden Frauen traue ich dir nicht zu. Aber irgendwie hab ich im Urin: du hast bei dieser Sache schmutzige Finger.

Aha sagte Kleefisch.

Dein erster Chef, dieses U-Boot bei den Sozis, hatte alle Tricks drauf. Und du hast von diesem Wehner fleißig gelernt.

Aha sagte Kleefisch wieder und nahm einen kleinen Schluck von seinem noch frischen *Schweppes*. Er griff zum Telefon, drückte die eins und ließ es vier Mal unten in der Küche von Fiddy klingeln.

Entweder du arbeitest voll mit uns zusammen, oder du bist tote Hose.

Dank deiner Hilfe bin ich pensioniert und ein freier Mann.

Unter Umständen nicht mehr lange. Du gibst mir jetzt den Brief mit dem Foto, der dir gestern zugestellt worden ist. Wenn nicht, bist du wegen Unterschlagung von Beweismitteln dran.

Ihr hört mich also ab und habt mich verwanzt.

Ich geb dir jetzt sechzig Minuten. Dann schick ich Kaczynski. Und dem gibst du einen Bogen, auf dem sauber zu lesen steht, was du alles über diesen Tiefental weißt, der verschwunden ist. Und der Bogen ist von dir unterschrieben.

Nicht mal unter Zwang. Zeugnisverweigerungsrecht. Der Mann ist sauber und mein Klient.

Der Wirt Fiddy, einen Staubsauger in der Hand, trat ein und suchte eine Steckdose. Fiddy war klein und rund, ein immer bekümmertes, abwesendes Gesicht. So hatte er jahrelang am Fließband von *Ford Köln* gestanden und Himmel eingeklebt. Auf diese Art hatte er das Fließband schadlos überlebt, und so, entrückt, scheinbar abwesend, sah er in der Melchiorschänke alles. Fiddy hätte aufzählen können, was jeder einzelne seiner Stammgäste in der rechten Hosentasche barg.

Kleefisch zögerte eine Weile. Dann gab er vor, zwischen den Unterlagen auf seinem Schreibtisch zu suchen, fasste sich schließlich in die Jacke und gab Lieberman den grünen Umschlag mit dem Foto.

Damit ist dein Auftritt zu Ende sagte er. *Ich muss nachdenken. Mit deinem Parfüm eines Immobilienmaklers hier im Zimmer geht das nicht.*

Du hörst von uns.

Muss nicht sein sagte Kleefisch. *Wieviel Häuser in deinem künftigen Wahlkreis gehören dir eigentlich schon? Kaufst du mit den Häusern gleich die Wähler mit?*

Lieberman. Überall in Köln war Lieberman. Ab sofort würde er nur noch mit seinem zweiten Handy telefonieren, das auf den Namen seiner verheirateten Tochter lief. Einer Kowalski. Mit »i« hinten. Das waren jene, die sich einst gegen ein bloßes Handgeld unter Tage ins Ruhrgebiet verbissen hatten wie die Zecken. Die Kowalskys mit »y« hinten waren in Polen geblieben. Die beteten zur schwarzen Madonna von Tschenstochau und hörten im Winter die Wölfe heulen.

Darüber kamen ihnen ständig die Präsidenten abhanden. Zur Sicherheit hatten sie jetzt Zwillinge gewählt, die sich gegenseitig ersetzen konnten und aussahen wie Kartoffeln.

14

Als Tiefental das Gästezimmer im 2. Stock des evangelischen Altenheimes verlassen wollte, stellte er fest, dass er eingeschlossen war. Und geriet in Panik.

Er klopfte, schlug gegen die Tür, hatte sofort schwergewichtige Pfleger im Kopf, kahl geschorene Preisboxer ganz in Weiß, die gleich kämen und ihm eine bleistiftdicke Nadel in die Armvene stießen. Dann beruhigte er sich etwas und rief Poggenpohl an, der das Zimmer Nr. 9 im Erdgeschoss bewohnte.

Ja sagte der, *du bist eingeschlossen. Bis du alles aufgeschrieben hast. Ich bin nun mal ein Mann der Schrift. Und einer, der immer eine gute Geschichte sucht. Und das bist du: eine gute Geschichte. Du und der Mörder in dir. Du und das Mädchen mit der Rose. Du und diese Stadt mit dem Dom. Überleg's dir. Ich will deine Geschichte. Wenn nicht, verpfeif ich dich.*

Tiefental war sprachlos. Er hatte nicht gewusst, was für ein brutales Geschäft das Schreiben ist.

Er trat auf den kleinen Balkon. Unter ihm ein von Rollstühlen und Gehwägelchen zerfurchter Weg, ein paar Plastikstühle, die der Wind zusammen geschoben hatte. Weiter hinten im

Tal, eingebettet wie in eine große, hohle Hand, die kleine Stadt. Über der Kirche hing eine einzelne weiße Wolke, von einem Landschaftsmaler zärtlich hingetupft und sehr lieblich anzusehen.

15

Also jetzt doch mal wieder Ernst sagte Poggenpohl. *Ihr in Köln wart immer zu sehr Frohnatur. Ihr habt 100.000 Mohammeds in der Stadt und glaubt noch immer, mit ein paar Teestuben und ein paar Läden voller Linsen und Dörrobst sei's getan.*

Propagandastunde Poggenpohl sagte Kleefisch in sein Ersatzhandy.

Falsch sagte Poggenpohl. *So wie hier in der kleinen Stadt wird ein Schuh draus. Natürlich dürfen sie auch hier nicht gleich an jeder Straßenecke ihre Moscheen bauen, wo denkst du gleich hin. Aber in dem krummen Fachwerk der Altstadt will keiner der Deutschen mehr wohnen. Nur spült es Besucher und Geld in die Stadt, viel Geld. Es ist schön. Mittelalter. Geschichte pur. Was weißt du überhaupt von Geschichte, Kleefisch? Weißt du zum Beispiel, dass hier in die Wand des Schlosses ein lebender Säugling eingemauert wurde gegen den bösen Geist des Feuers? Dass von altersher die Keller der Häuser miteinander verbunden sind als Fluchtweg bei Brand und Belagerung? Oder dass auf jedem dieser Häuser noch ein Holzdiputat liegt, der Besitzer also bei der nächsten Ölkrise im Wald sein Brennholz schlagen könnte? Weißt du das? ...*

... der Don, dieser Tiefental hier ist ...

...nein, natürlich weißt du das nicht, Kleefisch. Und was macht man mit einer Altstadt, die viel Geld bringt, aber nicht mehr bewohnbar ist? Man vermietet sie. An die Mohammeds. Die Bart- und Kappenträger. Die mit ihren stillen, wie ausgelöscht lebenden Frauen, die nur spätabends, wenn sie vom Gebet kommen, ein wenig in der Gasse lärmen. Und dann, huschhusch und still wie Mäuse, in ihrem geheimen Familienleben verschwinden.

Die Besitzer selbst sind modern an die Hänge gezogen, wo die Luft besser ist und die drei Flüsse im Abendlicht unter ihnen glitzern. Von dort können sie beobachten, wie die Mieter der Altstadt sich in den krummen Gassen einrichten. Dass sie nicht über die Stränge schlagen. Sich nicht etwa explosionsartig vermehren in den alten Häusern, die verplombt und überkront sind, gestützt und korsettiert wie alte, kaum noch zu rettende Zähne. Siehst du, Kleefisch, und so leben hier alle Mohammeds im Herzen der Stadt. Beatmen sie. Halten sie in Gang. Bewahren sie. Damit die oben an den Hängen ihr Geld damit verdienen. Werden dabei beobachtet wie Zuchtforellen. Und wie in der Sixtinischen Kapelle wird genau gezählt, wie oft die da unten in den krummen Gassen einatmen und wieder aus. Denn du weißt ja, zuviel Feuchtigkeit ...

Propagandaquatsch Poggenpohl sagte Kleefisch wieder in sein Handy. *Ich suche Tiefental, Günther, ca. 1,80 groß, schütteres Haar, frühmorgens bis zum dritten Kölsch zuckt ihm das Gesicht. Der Mann steckt hier in Schwierigkeiten und ist verschwunden, Haftbefehl...*

Kleefisch, du brauchst gar nicht so laut zu werden. Ich kenne ihn schließlich. Und habe ihn seit meiner Zeit in Köln nicht mehr gesehen. Kleefisch, ich muss dir eins sagen: du bist allein. Jedem sein Kreuz. Ich zum Beispiel hab heute das Problem, dass mir die Tabletten ausgegangen sind. Es fehlen mir Furosemid 40 mg, Captohexal 12.5 Cor, und die Beloc-Zok 95 mg hat gestern die Katze meiner Nachbarin gefressen. Seitdem liegt Mimi im Koma. Und ich muss dir sagen, ich bin nicht unglücklich darüber. Denn das Biest setzt gern seinen Urin unter meinem Bücherschrank ab.

16

W*ie oft hast du diese Geschichte jetzt schon erzählt?* sagte Kleefisch zu Fiddy, der mit roten Händen Kölschgläser spülte und sie in einer langen, tropfenden Reihe kopfüber, hell klirrend aufstellte.

Jeder neue Gast, der ein Stammgast zu werden verspricht, kriegt sie zu hören. Eine Gabe des Hauses.

Fiddy war Messdiener in St. Agnes gewesen, bevor die Kirche ausbrannte. Später hatte er noch lange das Mitteilungsblatt der Gemeinde im Viertel ausgetragen. Als er aber nach seiner zweiten Ehe für eine 16jährige, wohlweislich katholische Philippina beim Pastor von St. Agnes den kirchlichen Segen erbat – Imelda hieß sie, hatte den schönen Hintern einer Hummel, maß 1,56 m und lernte in der Neusser Straße gerade Fleischfachverkäuferin – zeigte der ihm die rote Karte. Platzverweis. Auf Anweisung von oben. Das hatte Fiddy bis heute nicht verwunden. Seitdem erzählte er jedem neuen Gast, ob der wollte oder nicht, die Geschichte vom Metropoliten der Kirchenprovinz Köln, dem Kardinal.

Die begann in Breslau. Im Nachkriegs-Kerzenlicht Schlesiens, aus dem die polnischen Kommunisten das Kind mit den üblichen Flüchen und Stockschlägen vertrieben. Ein Flüchtlingskind eben, sagte Fiddy hier, das bleibst du dein Leben lang.

Ein Bankkaufmann erst, sagte er. Dann ein zögerlich Erweckter im Spätberufenenseminar Norbertuswerk Magdeburg. Ein Beschädigter immer unter den deutschen Kommunisten in Thüringen endlich, wo er das karge Eichsfeld verwechselte mit »der Insel im Meer des Unglaubens«, sagte Fiddy. Ein verhärteter Mann. Ein anerkannter Hardliner. Ein Kind bis heute, sagte er.

Und erzählte auch schon die Geschichte seiner Wahl. Die nämlich begann mit einer Erpressung. Gemäß Staatskirchenvertrag mit dem Heiligen Stuhl zur Wahl eines neuen Metropoliten der Kirchenprovinz Köln machen die Domkapitulare der Bischofskongregation in Rom einen Zehnervorschlag. Da war er nicht drauf. Aus Rom kam ein Dreiervorschlag zurück. Da war er plötzlich drauf. Und die Kölner Kapitulare saßen schwer in der Klemme. Sie wollten ihn nicht, mochten sich aber auch nicht innerlich und äußerlich mit dem Papst überwerfen. Und so änderten sie schnell die Wahlordnung und schluckten die Kröte, die ihr neuer Boss war.

So war das mit diesem Desaster sagte Fiddy jedem neuen Gast. Ob der wollte oder nicht. Eine Zwangshandlung. Wie jemand unter Waschzwang leidet. Beispielsweise. Nur so.

Bis heute zittern alle Mitarbeiter vor seinen öffentlichen Auftritten. Er ist nämlich beratungsresistent. Ein Kind und ein beschädigter Mann sagte Fiddy, den der Pastor von St. Agnes im Beisein der 16jährigen Imelda mit roter Karte vom Platz gestellt hatte.

Selbst seine Eminenz Karl Kardinal Lehmann, Vorsitzender der Deutschen Bischofskonferenz und Kardinalpriester der Hl. Römischen Kirche, schon ganz Fleisch geworden, schüttelt dann leise sein schweres Haupt.

Und stell dir vor sagte Fiddy, dessen sonst doch abwesendes Gesicht sich vor innerer Anteilnahme gerötet und geöffnet hatte wie eine Blume, *da bringt er neulich erst in einem einzigen tiefen Atemzug unter: den »Herodes, der die Kinder von Bethlehem umbringen lässt, dann unter anderem Hitler und Stalin, die Millionen von Menschen vernichten ließen, und heute, in unserer Zeit, werden ungeborene Kinder millionenfach umgebracht. Abtreibung und Euthanasie heißen die Folgen dieses anmaßenden Aufbegehrens gegen Gott.«*

Und was sagst du nun? sagte Fiddy zu dem neuen Gast, der noch immer nicht wusste, worauf dieser Wirt eigentlich hinaus wollte. *Da haben wir natürlich Strafanzeige gestellt. Was sich aber der Staatsanwaltschaft in der Luxemburger Straße in der Schläfrigkeit eines Montagvormittages nicht so recht erschloss.*

Dieses Mal hat er die Lunte ans Pulverfass gehalten. Die vorne auf dem Platz wollen zum Dom. Sie drohen damit, den Dom zu stürmen sagte Kleefisch, während sich Fiddy in ein Miniaturglas, drei Daumen hoch wie Schnaps, etwas Kölsch zapfte und trank.

Ich hab's gehört sagte Fiddy. Er war erregt und zapfte sich drei weitere Daumen. *Zustände wie in Indien. Hindus gegen Moslems, und alle gegen Christen. Brand und Bomben. Hunderte von Toten. Wie neulich erst in diesem Aljoscha, wo die Buddhisten eine Moschee gestürmt haben, die auf einem römischen Tempel stand.*

In Ayodhya sagte Kleefisch ruhig. *Die Buddhisten waren Hindus. Die Moschee stand angeblich auf Ruinen eines ihrer Tempel aus dem 16. Jahrhundert. Und neulich, das war 1992.*

Woher weißt du?

Ich lese Reisebücher. Erspart mir das Reisen, und die guten sind spannend wie Krimis. Tiefental hat mich drauf gebracht.

So. Mir doch egal, dieser Tiefental. Trinkt hier nur drei Kölsch, aber sitzt ewig rum und labert.

Mir nicht sagte Kleefisch. *Dem geht nämlich der Arsch auf Grund.*

Wo ist er überhaupt?

Weiß ich nicht.

So sagte Fiddy. *Aber er war es gar nicht.*

Wer war nicht was?

Der Kardinal. Er ist beschädigt und ein Kind. Breslau. Flüchtling. Die Kommunisten. Aber was er da gesagt haben soll, das sagt er nicht.

Tatsächlich lief seit den 14 Uhr-Nachrichten verstärkt ein Gerücht durch die Stadt, das inzwischen zu einem Feuerball geworden war, weithin sichtbar über die Grenzen Kölns hinaus: der Kardinal, übernächtigt, magengereizt nach dem Verzehr gefüllter, grüner Paprika und sehr nervös durch die inzwischen 12000 in der Stadt versammelten Muslime, habe spontan und ohne den Mundschutz seiner Berater den Propheten Mohammed herabgewürdigt und beleidigt. Was das Generalvikariat sofort energisch dementierte. Und den Feuerball nicht aufhielt.

Die 17 Uhr-Nachrichten sondierten und vermaßen ihn erneut mit angemessener Sachlichkeit. Sie beschrieben seinen Zuwachs an Größe und Geschwindigkeit. Und führten ihm allein damit neuen Sauerstoff zu, sodass er weiter an Größe und Geschwindigkeit zulegte und sich anschickte, von Köln aus um die Welt zu laufen.

17

In meinem kleinen Fernseher, Gästezimmer, 2. Stock, Blick auf die im Mittelalter steckengebliebene Stadt, sah ich, dass mir in Köln das Wasser bis zum Halse stand. Die suchten nach Tiefental. So gesehen, war ich plötzlich ein gefragter Mann.

Kleefisch selbst stand wenigstens mit den Füßen im kalten Wasser. Und suchte mich. Und beklagte sich bei Poggenpohl zunehmend bitterer darüber, dass er mit allem allein gelassen wurde. Und es außerdem irgendwo im Viertel jemanden gäbe, der auf ihm spielen wolle wie auf einem längst verstimmten, voller Bier und Schnaps geschütteten Klavier.

Ganz ehrlich: ich hatte es nicht geplant. Aber dieses Gästezimmer im Altenwohnheim über der kleinen Stadt war für mich der sicherste Aufenthaltsort in der ganzen Republik.

Poggenpohl, ein erfahrener Hypochonder mit einer Handbibliothek medizinischer Fachliteratur, schützte sehr gelassen eine Depression mit Suizidgefährdung vor und gab an, mich als einzigen ihm verbliebenen Freund auf unbestimmte Zeit dicht bei sich haben zu müssen.

Die Heimbewohner sahen mich, vergaßen mich zwei Schritte weiter, aber grüßten mich das nächste Mal hocherfreut als einen ihrer nächsten Angehörigen. Manche freilich gingen blicklos auf mich zu, eine Frau sogar mit Sturzhelm, für die war ich nicht einmal ein Hindernis. Einige wenige betasteten mich aufgeregt wie den Bewohner eines anderen Sterns.

Die Heimleiterin hatte sich vor Monaten schon Fernsehentzug auferlegt. Sie las nichts als die Stammblätter der Bewohner. Und die Todesanzeigen im *Göttinger Tageblatt*. Hier suchte sie nach Bekannten, die sich ihrer Fürsorge schnöde entzogen und sie damit schwer gekränkt hatten. Die knappe Freizeit widmete sie ganz ihrem Hund, einem Boxerrüden, der uns alle beleckte und beschlabberte: eine Frau, würde ich sagen, die das Heim am dringlichsten von uns allen benötigte. So in der Art. Besser hätte ich es nicht treffen können.

Nur das mit dem Schreiben, wie Poggenpohl sich das vorstellte, klappte nicht.

Ich war gehemmt, ich hatte Angst. Die verschwand erst langsam, als ich merkte, wie frei die Bewohner hier waren. Jeder ging, umsorgt und gut verpflegt, seinem eigenen kleinen Wahn nach, und wenn es der war, angeblich Blumenerde und Zierpflanzen zum Mittagessen serviert zu kriegen.

Zum anderen war mir, als Poggenpohl mich einschloss, ein böser Verdacht gekommen: auch dieser Mann, der doch mein Freund sein sollte, auch er ist, wie Kleefisch, bloß ein Süchtiger auf Entzug. Geschichtenentzug. Da er nichts Neues mehr lebt, will er jetzt von mir, gierig wie ein frisch Gehenkter, der nach Luft schnappt, die Geschichte eines Mannes, der einen Mörder im Kopf hatte. Und dann kam ihm die Liebe dazwischen.

Eigentlich eine schöne Geschichte, dachte ich. Wenn es doch bloß nicht meine eigene wäre.

18

Um 8:30 Uhr klopfte es an Tiefentals Tür. Josef K. steckte den Kopf herein. Er hatte den schlauen, wenn auch etwas milchig gewordenen Blick des Schlafwagenschaffners, der alles sieht, einschließlich des zu erwartenden Trinkgeldes. Und der fast alles übersieht, um es nicht zu gefährden: die nackten, erbärmlich dünnen Beine des Fahrgastes. Die leere Flasche vor dem Bett. Den Rotweinfleck daneben. Die traurig über der Verunreinigung vom Vortag zusammengebackene Unterhose ...

In zwanzig Minuten erreichen wir Duisburg Hauptbahnhof. Der Zug endet dort. Wenn Sie mich brauchen, ich gehe jetzt in die 21 sagte er.

Die *21* war das Dienstabteil auf dieser letzten Strecke seines Lebens gewesen, die er jahrelang befahren hatte. Jetzt war er Heimbewohner und fuhr sie immer noch. Es war das Echo seines ganzen Lebens als Schaffner.

Josef ist einer dieser Fälle, von denen ich dir erzählt habe sagte Poggenpohl. *Wenn Josef in Duisburg Hauptbahnhof angekommen ist, redet er mit niemandem mehr. Wir sind Steine für ihn. Fische. Pflanzen vielleicht ...*

Verstehe sagte Tiefental. *Etwas in der Art.*

Nur mit Paul in der 14 redet er, das ist sein Freund. Dieser Paul, das ist freilich eine ganz andere Geschichte.

Verstehe sagte Tiefental wieder.

Quatsch sagte Poggenpohl, jetzt leicht gereizt. *Solange ich dir nicht die Geschichte von Paul erzählt habe, bist du ahnungslos wie eine Flunder.*

Paul war nämlich Fleischermeister. Wollte aber Jurist werden. Und Papa war dagegen. Jetzt, in der 14, ist Paul endlich Richter. Vor ihm liegen das kleine Telefonbuch von Hann. Münden und die Gelben Seiten. Das ist die Strafprozessordnung, das sind seine Akten. Und immer hat sein Freund, der Schlafwagenschaffner Josef, einen seiner Fahrgäste beklaut. Oder er hat sich im Abteil 1. Klasse einer schönen Schläferin unsittlich genähert. Und Josef verteidigt sich. Auf sehr intelligente Art. Denn Josef war wirklich ein guter Schaffner. Der hat die Mühsal seines Lebens, die Frau, die Kinder, die kleine Wohnung, die Schulden, die ewige Hosenklammer fürs Fahrrad, den Selbstgebrannten, die schiefen Absätze (»lauf gefälligst auf der Grasnarbe, das schont die Sohlen« sagte der Papa immer wieder) nur ausgehalten, weil er dieser gute Schaffner war.

Ja sagte Tiefental, *jetzt sehe ich ihn.*

Siehst du sagte Poggenpohl, *jetzt sind wir mit dir schon ein Stück weiter. Und von solchen wie Paul und Josef gibt's hier einige. Viele. So kurz vor dem Tod sind sie nämlich zum ersten Mal in ihrem Leben wirklich frei. Sie können spielen.*

Und dabei merken sie, wie großartig sie hätten sein können. Nein, falsch: jetzt sind sie es.

Zwar erinnern sie am Sonntag in der Kapelle die alten Riten und verrichten sie, aber werfen evangelisch und katholisch völlig durcheinander. Denn sie brauchen weder den verheirateten Pastor noch den einsamen Kardinal. Natürlich brauchen sie auch mich nicht, einen Mann, der ihnen etwas aufschreibt und damit auch vorschreibt.

Hier ist jeder sein eigener Prophet. Und Dichter. Und Märchenerzähler. Denn das Schreiben ist gar nicht wichtig. Mein Leben lang habe ich geglaubt, es sei das Wichtigste und Schönste von der Welt. Und bin daran gescheitert.

Keiner wollte je lesen, was ich verzapfte. Denn jeder war mit seinem eigenen Leben beschäftigt, und in meinem fand er sich nicht. Aber ich besaß doch kein anderes, über das ich hätte schreiben können. Bis auf diese Briefe natürlich, die ich in der Melchiorschänke verfasste, ein kleines Nebenwerk bloß, das Gnadenbrot eines alten Gauls.

Und jetzt endlich, so kurz vor meinem eigenen Tod, habe ich begriffen, dass es nicht darauf ankommt, für andere zu schreiben und damit Erfolg zu haben: es kommt darauf an, einen Traum zu leben. Irgendeinen. Denn in einem guten Traum steckt alles drin: alle Zärtlichkeit, und natürlich auch alle Bitternis. Alles. Wie in der Schokolade. Und im Parfüm. Denn wenn wir so vollständig träumen, dann sind wir auch die Anderen. Wir sind der erbärmliche Kleefisch und der Kind gebliebene Kardinal. Wir sind der Freund, die Geliebte, die Wolken und das Meer. Wenn wir bloß wollen, sind wir Wüste und Dattel und selbst einer dieser elenden, abgefressenen Berge Afghanistans sind wir dann. Verstehst du jetzt, was ich damit sagen will, du Mann mit dem Mörder im Kopf?

Also behalt ruhig deine Geschichte für dich. Ich will sie nicht mehr. Sie ist nicht mehr wichtig für mich. Ich hatte bloß einen kleinen Rückfall in den Ehrgeiz von einst. Träume sie. Und leb irgendwann deinen Traum. Dann bist du diesen Kerl im Kopf ohnehin los. Auch wenn, so ganz nebenbei gesagt, mir doch alles ziemlich verwegen vorkommt.

Denn so eine junge Frau, ob nun Inderin oder nicht, ob Hindi, Muslima oder klassisch katholische oder reformierte, ja sogar evangelikale Christin, die will doch zumindest am Anfang täglich. Und wie sollst du das schaffen, wo du keinerlei Training mehr hast?

19

Ein Teil der Suchttherapeuten, die Kleefisch behandelt hatten, waren selbst ins Trockendock gezogene Havaristen.

Ein Arzt verputzte jetzt bis zu zwanzig Dosen Cola pro Tag. Und wenn er zwischendurch noch einen oder zwei Eisbecher einwerfen konnte, hob er ab wie einst. Eine Ärztin, schön, wenn auch etwas verbraucht und scheu wie eine Motte, schlich in bemüht gerader Linie durch die Gänge. Noch immer war das Torkeln von einst in ihr gespeichert und der Bewegungsapparat gab ihm nach.

Beide hatten ihm dringend geraten, stets ein Notköfferchen parat zu halten mit Waschzeug, Medikamenten, Wäsche und wenigstens zwei Krimis der milden, homöopathischen Art. So sei er stets auf eine schnelle Rückkehr in die Klinik vorbereitet. Ein Drehtür-Patient.

Kleefisch hatte sich, auch eingedenk Liebermans und anderer Unwägbarkeiten seines Berufes, daran gehalten. In seinem Reihenhäuschen in Bickendorf stand ein grünes, im Büro ein rotes Köfferchen. Außerdem hatte er seinem Anwalt in der Sudermanstraße einen Schnellhefter zur Aufbewahrung im Tresor übergeben. Hier hatte er die bisher nicht geahndeten Sündenfälle des Präsidiums notiert, die ihm bekannt geworden waren.

Dieses Präsidium war keineswegs der Sumpf von Sodom und Gomorrha. Es war eben ein großer Beamtenapparat, der über sensible Daten und besondere Vollmachten verfügte. Das zog die Fliegen an. Täglich streckte die Verführung den Beamten ihre Zunge in den Mund und säuselte *Komm, fick mich doch!*

Als Kaczynski am Donnerstag, 15:30 Uhr sein Büro betrat und ihn für Freitag, 13:00 Uhr zur Vernehmung als Beschuldigter vorlud, wusste Kleefisch, dass er zumindest das Köfferchen brauchen würde.

Freitagmittag fiel die Dämmerung des Wochenendes über die Haftzellen im Präsidium her. Erst Montagfrüh wurde es wieder hell. Der Haftrichter, der ihn dann laufen ließe, hätte nicht vor Mittag seine Gelstifte sauber und genau vor sich aufgereiht wie die Tasten eines Klaviers. Noch immer röche der Mann nach frischem Gräserschnitt. Schließlich hatte er eine große Obstwiese bei Siegburg geerbt, die er jeden Samstag, sauber und genau, Bahn um Bahn, mit seinem Motorrasenmäher schor. In seiner Freizeit nahm dieser Mann die Natur in Haft. Auch dieses Vergnügen eines Fünfzehnjährigen im Mannesalter war Kleefisch immer entgangen. Keine Obstwiese, kein lenkbarer Mäher, kein Erbe. Sein Vater war doch aus der Melchiorstraße schon eilig verschwunden, als seine Mutter noch in der Pfütze lag.

Am Freitagmittag, als sich Kleefisch mit rotem Köfferchen auf den Weg ins Präsidium auf die andere Rheinseite machte, wurde das unzertrennliche Geschwisterpaar Hauptbahnhof/Dom (hier die ganz gewöhnliche, schienengebundene Ankunft und Abfahrt in der Horizontale – dort in der Vertikale die geistige Auffahrt zur Vergebung und die Niederfahrt zur

Buße) bereits nicht mehr vom öffentlichen Nahverkehr bedient.

Die Innenstadt war zur Festung geworden.

Und noch immer steuerten Busse sie an, die selbst aus so entfernten Flecken wie Sonthofen an der Grenze zu Österreich oder aus Wesselburen kamen, das am Rand des Wattenmeeres mit seinen Prielwürmern und Krebsen dümpelt. Die Kölner staunten, wo überall Muslime lebten. Das hatte ihnen keiner zuvor in dieser erschreckenden Deutlichkeit gesagt.

Die Busfahrer erinnerten die Strecke und die Stell- und Übernachtungsplätze am Rheinufer noch wie im Schlaf aus der Zeit, da sie Kurden transportiert hatten, verschlossen wie Stückgut. Und vor Monaten erst, im Nieselgrau des Dezember, bei leichtem Schneefall, hatten sie lärmende Weihnachtseinkäufer gefahren, die sich hier mit Päckchen und Baumschmuck bewaffneten, was sie genauso im heimischen Marktheidenfeld/Unterfranken oder in Steinfurt/Münsterland hätten tun können. Das waren überwiegend ältere Landsleute, die im Bus vieles unter sich ließen: Abfall, auch körpereigenen, Fotos der Enkelkinder, kleine Notapotheken, angebissene Marsriegel, Fläschchen mit Hochprozentigem, ein Bruchband, zwei Toupets, eine Zahnprothese ...

Der Bahnhofsvorplatz war abgesperrt. Der Roncalliplatz vor dem Dom quoll über. Kleefisch nahm sein rotes Köfferchen auf die Schulter, um besser durchzukommen.

Am Ebertplatz, der bereits uringetränkt war wie früher der Innenhof einer Karawanserei, versammelten sich weiterhin Männer. Überwiegend Männer, deren vorgestern noch

7-Tage-Stoppeln inzwischen 9-Tage-Bärte waren. Aber auch Frauen in dieser Zeitlosigkeit von Lasttieren. Und Kinder. Ungewohnt ernsthafte Kinder, als hätten sie sich die Gesichter ihrer älteren Geschwister oder sogar jene ihrer Väter für heute und morgen geborgt. Und vereinzelte Großmütter, hierher bestellt wie zum Begräbnis eines ihrer schon vielen Toten. Flachfüßig. Breit und geschlossen. Kleefisch wusste nicht, was ihnen entströmen würde, wenn sie sich wirklich noch einmal öffneten: Reste ihrer ursprünglichen Zärtlichkeit, oder doch nur die erfahrene Bitternis ihrer schon langen Leben.

Von hier aus zogen sie stoßweise über Eigelstein und Marzellenstraße oder über die Domstraße vorbei an den noch immer blinden Schaufenstern der einstigen Buchhandlung *Don Quijote* zu Hauptbahnhof und Dom. Vorbei an den Einzelhändlern auch, die ihre Läden geschlossen hielten und schon bald nach der Entdeckung der beiden Frauenleichen nur noch dürftigen Umsatz gemacht hatten. Jetzt beobachteten sie gereizt die ersten mobilen Marktbeschicker, die mit Kleinlastern und Kombis aus dem Kölner Umland herbeigeschwirrt waren und eilig wie in die Manege gestürmte Zirkusartisten ihre Rinderwürstchen und Lammspieße anboten. Maiskolben. Reis mit Kräutersoßen. Reibekuchen. Gegrillten Fisch und sämtliche Wasser der Natur und Chemie zwecks Verdauung und Abfuhr des Verdauten sowie zur Verlangsamung von Verdauung und ihrer gar kolikartigen Abfuhr.

Beschleunigt wurde ihr Durchzug hier von Windböen, die pünktlich in den Ländern ihrer Herkunft losgebrochen waren, wo der Rektor der ....-Universität in .... den Teufel der Christen in Gestalt des Kölner Kardinals ausgemacht hatte. Und ohne die für alle sonstigen Äußerungen in seinem

Land doch unabdingbare Zensur hatte er zur Erstürmung des Domes und seiner Zerstörung bis auf die Grundmauern aufgerufen.

In Karachi wurde die Spitze des Geheimdienstes SIS zu einer Sondersitzung zusammengeholt.

Im halb von den Monsunregen gefluteten Dhaka versammelten sich, wie eine seit langem erhoffte Entladung und Entlastung und Befreiung von Elend und Schmach achthundertundfünfzig Rikschafahrer vor dem Parlament, die unter unablässigem Klingeln und mit gereckten Fäusten forderten, was der zur Beobachtung entsandte Presseattaché der Deutschen Botschaft mangels Kenntnis des Bangla nicht verstand und somit seiner Eminenz, dem deutschen Botschafter, der erst über wenige Grußworte verfügte, nicht übermitteln konnte. Während im Südosten Afghanistans dem deutschen Mitarbeiter der Welthungerhilfe, einem Heribert K. aus St. Augustin bei Bonn, der die Mohnbauern zur Kartoffel überreden sollte, mit einem alten Sturmgewehr der Strohhut vom Kopf geschossen wurde.

Kleefisch hatte genug gesehen und gehört. Außerdem war er zu seiner Verhaftung verabredet. Er stieg am Neumarkt in die Linie 1, verließ die Bahn an der Haltestelle Kalk Post, betrat, wie einst, das Präsidium, schwieg sowohl Kaczynski als auch Lieberman, die ihn nach dem flüchtigen Tiefental befragten, eine Weile an, streckte sich kurz darauf schon auf der Pritsche der Haftzelle und nahm sich einen Krimi des Kubaners Amir Valle vor. Den hatte er kürzlich erst in der *Edition Köln* entdeckt. Ein Floh von Verlag, gewiss, aber ein Unternehmen seines Viertels. Wenn es um sein Viertel ging, war Kleefisch Patriot.

Dieser Krimi spielte in der verfallenen, von Huren und Schwulen und Touristen durchstreiften, von Hemingway mehrfach verratenen, von kleinen und großen Ganoven genutzten, von Schwarzen vollgestopften Altstadt Havannas, in der über Nacht, in einer einzigen großen Staubwolke, ein Haus in sich zusammenfällt und alles unter sich begräbt: die schwarzen Frauen mit ihren ausladenden Hintern, die schwarzen Männer mit ihrem letzten Joint, die Hausaltäre mit den Heiligen des Kongo und den gepanschten Rum, die Lebensmittelhefte, den Bauplan für das Floß nach Miami, den Rassismus dieser Schwarzen, der trotz der eisernen Halskrause der Partei nicht geringer ist als der Rassismus der Weißen, alles – aber bald klappte Kleefisch das Buch zu. Spuren verhinderten Lebens hatte er hier an den Zellenwänden genug. Dieses Kuba, ringsum von Wasser umgeben, schien auch nichts anderes als eine Haftzelle. Alcatraz.

Unter dem Waschbecken bewegten sich, mit der widerwärtigen Langsamkeit dieser Tiere, zwei Asseln. Die taufte er Kaczynski und Lieberman.

Sein Anwalt hatte sich verspätet. Endlich zog er mit seinen 2,05 Metern den Kopf unter dem Türsturz der Zelle ein. Es war ein noch junger Mann, der aber über einer Reihe aussichtsloser Fälle rasch gereift war wie ein Frühchen im Brutkasten. Und Kleefisch setzte ihn sofort auf Poggenpohl an.

Der Krimi hatte ihn auf eine Idee gebracht. Es war ein Buch. Poggenpohl und Tiefental waren beides exzessive Leser und Freunde der Bücher. Eine Sekte. Kleefisch, mit seiner Nase des enttäuschten und ermüdeten, aber erfahrenen Kommissars witterte eine Verschwörung, einen miesen kleinen Hinterhalt, in den er getappt war. Je länger er auf den Anwalt einredete, umso sicherer war er, dass Poggenpohl alles über Tiefental wusste, wie ein Sektenmitglied die Schwankungen, Zweifel, den Wahn und den Verrat des anderen kennt.

Der Anwalt hatte seine Zweifel. Entgegen der ausdrücklichen Anweisung seines Klienten hatte er einen langen Blick in dessen Schnellhefter geworfen, bevor er ihn, getreu der Anweisung, als ungelesen in seinem Tresor verstaute. Er wollte lieber gleich nach den Sternen greifen und sich mit Lieberman beschäftigen. Und lenkte erst ein, als Kleefisch ihm vorhielt, dass bald in jedem möbliert zu vermietenden, fensterlosen Zimmer Kölns ein Junganwalt ohne Arbeit säße, der seine Bude Kanzlei nennen würde. Da funktionierte der junge Mann.

Er trödelte eine Weile in dem erst kürzlich neu bezogenen Präsidium herum, das sich Türen schlagend zum Wochenende leerte. Dann ging er zur Pressekonferenz, die Lieberman angesetzt hatte.

Der redete ruhig und flüssig. Er machte kleine, gekonnte Pausen, die er mit einem Lächeln beendete. Lieberman beherrschte die öffentliche Rede und war hier derjenige, der Tag und Nacht an der erfolgreichen Lösung eines Falles arbeitete, der die Stadt in ihr Herz getroffen hatte. Lieberman arbeitete daran, bald ein großer Mann zu sein.

Auf dem Höhepunkt der Spannung in der Stadt, da jeden Augenblick die Polizeisperre vor dem Dom durchbrochen und das sakrale Bauwerk gestürmt werden konnte, was unweigerlich zu Festnahmen, Einkesselungen, Verletzten, wenn nicht sogar Toten führen würde und, mit nur geringer Verzögerung, ein bloßer Reflex auf die Impulse der Nachrichtensatelliten, zu neuem Aufruhr und zu weiterem Missbrauch als Abfuhr von erlittener Schmach selbst in den abgelegenen Stammesgebieten Pakistans und auf den noch nicht von Indern und Chinesen überwucherten Inseln Indonesiens – da verkündete Lieberman hier, dass ein Mitwisser soeben verhaftet worden sei. Der vermutliche Täter identifiziert, wenn auch noch nicht gefasst. Ein Einzelner. Ein Ersttäter. Ein Psychopath. Nichts mehr, aber leider natürlich auch nichts weniger als das.

Beim Verlassen des Raumes ging der Anwalt dicht an Liebermans Tisch vorbei. Hier summte es wie eine Biene im Glas. Er sah, dass Liebermans Hose flatterte. Von unten ließ er sich Frischluft in die Hosenbeine blasen. Sieh an, der Mann steht unter Strom. Damit der Reaktor oben nicht durchgeht, muss er unten gekühlt werden. Na gut, den knacken wir irgendwann, sagte er sich mit der Euphorie der Jugend und machte sich in sein Büro auf, um von dort den Poggenpohl in seiner kleinen, mittelalterlichen Stadt zu versenken. Tatsächlich nannte er so einen Auftrag Schiffe versenken. Das hatte er als kleiner Junge gern gespielt.

20

Wegen der Nachrichten aus Köln und der dringlichen Anrufe von Kleefisch ließ ich mich nicht mehr in der kleinen Stadt blicken. Auch galt meine Präsenz im Heim ja als Garant dafür, dass Poggenpohl nicht seiner Depression nachgab und sich aus dem Fenster Erdgeschoss kopfüber in den Tod stürzte. Aber ich durchstreifte ausführlich das Gebäude, den mäßig gepflegten Garten und genoss immer wieder die Aussicht aufs Mittelalter der kleinen Stadt.

Wirklich, sie lag wie ein Ei im Nest der umliegenden Berge. Ein Städtchen, dem scheinbar nichts geschehen konnte. Bald war ich süchtig nach diesem Blick. Wie nach Schiffen und Meer. Ich spürte etwas in mir, das ich, zögerlich erst und lange vermisst, endlich Glück zu nennen begann. Ich fing an, mir Zukunft vorzustellen. Wie einst der *Kleine Prinz*. Das tat ich natürlich mit einem leisen, erwachsenen Zweifel, musste ich doch argwöhnen, bereits ähnlich frei und damit gemäßigt verrückt geworden zu sein wie ein Teil der Bewohner hier.

Tatsächlich war ihre Art der Freiheit in hohem Maße ansteckend. Wiederholt begegnete ich der scheuen Heimleiterin. Wie eine kleine Auspuffwolke, eine Fehlzündung bloß, stob sie jedes Mal davon zu ihren Stammblättern und Todesanzeigen. Sie rief ihr Ein und Alles, den Boxerrüden, der auf diese höchst unangenehme Art der Hunde an meinem Schritt geschlabbert hatte, und verschwand in ihrem Büroverlies. Die Mildtätigkeit, das Verständnis, der tägliche Umgang mit den kleinen Wahnwitzigkeiten der anderen hatten sie leicht und abgegriffen gemacht wie altes Papier, und schon war sie verweht.

Im Garten dagegen, in der Sonne, inmitten der anderen, unter uns das Mittelalter der kleinen Stadt, war ich es, der zunehmend leichter wurde.

Sieben meiner acht Kinder sind bei mir im Himmel sagte die kleine, fast kahlköpfige Greisin Sieglinde F. neben mir, die laut Poggenpohl nie geboren hatte. Sie sagte es mit hoher, piepsender Stimme, wie sie sich die Gespräche der Engel über den Wolken vorstellte. Dann aber fiel ihre Stimme in den Keller. In die Göttinger Bar, in der sie ihr halbes Leben lang hinter der Theke gestanden hatte, auf einem extra angefertigten Podest. Weil sie doch so klein war. Damit sie sich bücken und die Gäste ihr tief ins Dekolleté gucken konnten: *aber Nummer acht, der Jüngste, der schmort in der Hölle. Das war von Anfang an ein Schweinehund, junger Mann, du glaubst gar nicht, was der für eine ausgemachte Drecksau war. Hat doch glatt seine kleine Schwester gevögelt, und mich wollte er auch!*

Und wieder schwieg sie. Erschöpfend geredet für heute. In diesem Leben zwischen Himmel und Hölle. Ein paar treibende Fetzen, die Leichtigkeit von Wolken und das Gewicht von Scheiße, und wieder sah sie mit wässrigen, blassblauen Augen auf die Stadt. Wie ich. Wie die anderen, gelöst und versunken, selbst schon treibende Wolken, blasse Lichtstreifen, mehr nicht, leicht und schön, ein Flug wie der von Schmetterlingen, mal hin zur Großmutter, die mir den *Kleinen Prinzen* schenkt, dann zum Vater, der einen ganzen Käsekirsch allein verschlingt, die Buchhandlung *Don Quijote* natürlich, die Billigware aus Hongkong, die Rambouxstraße mit dem Kinderwagen aus Abchasien und dem Gewicht der Sixtinischen Kapelle sowie der Überproduktion dieses Genies aus Malaga, ein hässliches Husten dann, ein kleines hässliches Husten, nichts weiter in dieser Sommerluft über der kleinen Stadt, dieser Luft, die angefüllt war von allen unseren treibenden Geistern, schön und fast vollkommen glücklich, alle trieben wir dahin, Ballonfahrer, Gleiter, ja, in dieser Art, etwa so.

Gegen Mittag kamen die Kobolde aus dem Kindergarten. Einmal wöchentlich fluten die Kobolde den Garten und necken und hänseln nicht die hier Eingeschlossenen und Verwahrten, ach wo, sie gehen mit ihnen um, als seien sie es selbst, am Ende schon ihrer eigenen, jetzt noch kleinen Leben. Sie spielen mit ihnen, aber sie staunen auch. Hauptsächlich staunen sie. Denn sie sehen, wie klein sie noch sind. Und wie sie am Ende eines unvorstellbar langen Lebens sein werden. Sie sehen dieses lange Leben. Sie sehen Zeit, die sie noch vor sich haben. Die Zeit heißt zum Beispiel Melanie. Zum ersten Mal sehen sie Zeit, und die Zeit lässt sich anfassen. Sie freuen sich über die viele Zeit, und die Bewohner freuen sich, dass sie ihnen so wichtig sind.

So viel ruhige, verlässliche Freude auf einem Haufen habe ich noch nie gesehen.

Als ich in diesem mäßig gepflegten, halb vertrockneten, zur kleinen Stadt hin abfallenden Garten endlich aufstand, knickte ich um und strauchelte. Ein Invalide. Ein uralter Mann plötzlich. Ein Greis und Heimbewohner jetzt. Ein Häftling. Ein Knacki mit einer kiloschweren, ans Bein geschweißten Kugel, dachte ich: die Vergangenheit hat dich wieder, dachte ich. Jetzt sitzt der Kerl nicht in deinem Kopf, dieses Mal hängt er dir am Bein. Alle werden es sehen: der Mörder an meinem Bein. Wie hat es bloß soweit kommen können. Ich war der Andere. Um ein Haar hätte ich getötet. Ich habe verachtet, wo es am einfachsten ist: diese jungen Mütter mit ihrer hilflosen, aber unsäglichen Arroganz, ihrem dummen Stolz, ihrer eilig und dürftig versteckten Gewissheit auch, ab jetzt die lebenslang Betrogenen zu sein, diese ganz und gar

Eigensüchtigen und Geblähten, diese Hormon- und Körpersüchtigen, diese Fick- und Gebärmaschinen, die aber doch nichts anderes haben, denn das Richtige ist ja nirgends zu sehen.

Und daher produzieren sie etwas, das ihnen, im Gegensatz zu den Hemden in der Textilfabrik, nicht sofort weggenommen wird. Sie stellen selbst etwas her, das sich erst Jahr um Jahr von ihnen fortentwickelt und dem sie bis zum Tod immer noch eine Träne hinterher weinen können. Und es ist die einzige Spur, die kleine Spur eines Huhns im Sand, von der sie glauben, dass sie noch zwanzig, dreißig Jahre nach ihrem Tod zu erkennen sein wird; obwohl doch niemals jemand danach sehen will.

Und das war's schon. Damit war ich ihn los, den Kerl an meinem Bein. Ich machte ein paar Streckübungen. Die muss ich wieder einführen. Zwanzig Jahre lang habe ich täglich zwölf Minuten Gymnastik gemacht, das waren die zwanzig Jahre mit dieser am Schluss so hässlich hustenden Frau, diese zwanzig Jahre unseres gegenseitigen, einvernehmlichen Betruges.

Dann war ich locker genug. Ich ging um das Gebäude herum mit seinen torkelnden oder erschöpft an den Wänden sitzenden Schmetterlingen, ging an allen Heimbewohnern und auch dem ziemlich erbärmlich in sich versunkenen Poggenpohl vorbei zu meinem Ford Fiesta, eine alte Mühle, die aber von Blütenstaub zugeschneit war wie eine junge Braut. Ich öffnete den Kofferraum. Und stapelte mir, eins ums andere, alle meine Bücher aus und über Indien in die Armbeuge: dahin würde ich jetzt in meinem Zimmer reisen. Ich, der Indienfahrer. Im Kopf. Denn jetzt war er frei von diesem Fremden, der drin gewohnt hatte die ganze Zeit.

Schon am späten Nachmittag, da hatte ich erneut vier Bücher von Vikram Chandra, Shashi Tharoor, Rohinton Mistry und Suketu Mehta mit dem Daumen quer gelesen, landete ich auf dem Chatrapati Shivaji International Airport in Bombay / Mumbai.

Die klebrige Luft zwischen zwei Monsunschauern. Das Zwielicht der Tropen, bevor schlagartig der Vorhang fällt und die roten Funzeln des Hurenviertels angehen, groß wie die Kölner Innenstadt. Ein Fliegenschwarm von Vermittlern, Hehlern fiel über mich her, aber ich ließ mich gelassen auf nichts ein. Ich war doch hier zu Hause. Ein Inder mehr unter einer Milliarde. Auf Heimaturlaub.

Ich ließ meinen Rollkoffer in den erstbesten-schlechten, schwarzgelben Fiat hieven. Der Fahrer war ein sehr kräftiger Sikh, dessen Turban mir komplett die Sicht nach vorne nahm. Und der Kerl fuhr wie der Teufel der Sikhs. Natürlich hatte ich noch die 850 Stundenkilometer der *Air India* in den Knochen, sodass meine Schätzung nicht ganz exakt sein mag. Aber mit wenigstens 250 Km/h durchzuckte er wie der Blitz die dichten Trauben an PKWs, LKWs, Handkarren, Ochsengespannen, einzelne, mitten auf der Fahrbahn ruhende Kühe, kleinere Gruppen von Mönchen und im Gebet Versunkener, sodass die an den Straßenrändern lebenden und gerade ihre winzigen Rationen an Basmatireis kochenden Familien keinerlei Chancen hatten, unser zügiges Vorankommen zu bestaunen - bis er, auf zwei Rädern, nahm ich an, in eine Einfahrt bog, wie erschossen hielt und mit der Ruhe, aber auch Unmissverständlichkeit des Sikh, der keinerlei Widerspruch duldet, 30 Dollar verlangte.

Das waren meine ganzen US-Devisen. Ich saß in der Falle. Erwartete Messer oder Dolch oder eine dieser höchst unzuverlässigen, im Lande selbst gefertigten Pistolen, und schwitzte. Das einzig Vertraute und damit Beruhigende in dieser Lage war die durchs Fenster strömende Luft: schwer noch war sie vom letzten Monsunschauer und unverkennbar geladen mit dem Geruch nach Fäkalien, der stets über der am dichtesten bevölkerten Stadt der Welt hängt und selbst die stattlichen Villen von *Malabar Hill* mit ihrem Blick aufs Arabische Meer nicht ausnimmt.

Dann aber stieg dieser undurchsichtige Stolze aus, schleppte zwei Kanister herbei und tankte. seinen hier nachgebauten Fiat auf. Und ich beschloss, doch noch einmal alles nachzulesen über diese Sikhs, die stets ganze Kerle sein müssen, hart wie Nüsse und geschlossen wie Panzer, aber doch wohl auch irgendwo, versteckt in einer Kammer ihres Herzens, einfache, schwer schuftende Männer sind?

Der Rest der Fahrt dagegen verlief völlig ohne Probleme. Er dauerte fünf Minuten oder eine Stunde, natürlich dieser berüchtigte Jetlag, mein Zeitgefühl war noch reichlich durcheinander. Jedenfalls ging es korrekt nach Norden, entlang den Gleisen einer Vorortlinie, an denen, einer dicht neben dem anderen, Männer saßen und mit nackten Hintern defäkierten. Diese Vorortzüge, versuchte ich dem Fahrer meine Bedenken ob dieser Prozedur in Erinnerung zu rufen, verschlingen jedes Jahr 4000 ihrer Kunden. Sie stürzen von den überfüllten Waggons, werden von zu nah stehenden Strommasten erschlagen oder eben beim Defäkieren umgerissen und getötet, aber es war wohl zu vorlaut für ihn. Und wieder fiel mir ein: ein Sikh. Und dass Sikhs nur dann einen anderen verstehen, wenn es wirklich und unbedingt sein muss.

Aber mit dem Grimm und der Entschlossenheit des Sikh hielt er korrekt die Richtung. Also dorthin, wo die Armut nicht weniger wird und früher die gewaltigen Textilfabriken ratterten, die ihre Arbeiter in diese *chawls* pferchten, in denen noch heute ein Teil der Betten im Acht-Stunden-Rhythmus belegt wird. Natürlich hütete ich mich jetzt, dem Fahrer auch das noch in Erinnerung zu rufen, fürchtete ich doch längst seinen Grimm.

Zum Abschied erschien sogar ein kleines, durchaus warmes Lächeln auf seinem Gesicht. Das verschwand allerdings wie ausgeknipst, als mich aus dem Eingang des *chawl* mit hoher, singender, sich freudig überschlagender Stimme eine Frau anrief: Taslimas Mutter, ihre Mama, und er nicht nur feststellte, dass sie Muslima war, sondern dass er mit mir in einem ganzen Nest solcher Abartiger gelandet war. Fahr zum Teufel, dachte ich mir. Ich bin nicht wegen eures ewigen Religionsstreites, sondern wegen Liebe hier.

Aber doch wollte ich diesem grimmigen Mann noch eine Einsicht nachrufen, an der ich die ganze Fahrt über gekaut und gefeilt hatte, eine so komplizierte Einsicht war das:

Ich wollte ihm noch sagen, ach wo: vorsichtig näherbringen wollte ich diesem grimmig Entschlossenen, in seinem Glauben so unnachgiebig Gefestigten, dass ihm und seinen Landsleuten hier alles heilig ist - der Affe und die Ratte, die Kuh und der Elefant. Aber dass schon der Nachbar die Ratte erschlägt und den Affen isst, kross gebraten und in Curry. Und sofort ist der Krieg unter Indern da. Gefolgt vom Krieg der Banden und Parteien. Der Sprachen und Provinzen. Der weißen und getönten Haut, derer mit vollem und jener mit leerem Magen, sodass es vielleicht doch angebracht wäre, über eine gewisse Ökonomie der Heiligen nachzudenken.

Ich wollte diesem Grimmigen, in sich und seinen Göttern Gefestigten noch dies sagen: dass wir in Köln nämlich fast alle Heiligen geköpft haben. Oder die Köpfe sind ihnen, mürbe geworden und enttäuscht, auf die Brust gesunken. Dass der Kölner Dom bald ein leeres, hallendes Gerippe sein und der Kardinal, natürlich noch immer ganz in Rot und frisch gebügelt, spätberufen zwar, aber mutterseelenallein in ihm die Messe zelebrieren wird. Und dass wir damit wenigstens diese Art von Kriegen hinter uns gelassen haben. Aber, es ist nicht zu leugnen: dass seitdem der eine Kölner auf den anderen wie auf einen Stein blickt.

Und ich hätte ihm noch sagen, ihm nahelegen, ihm wenigstens nachrufen sollen: nimm doch vorübergehend etwas aus unserer kargen Küche. Und wir nehmen vorübergehend ein paar Gewürze aus deiner so reichhaltigen. Bis wir alle zusammen dahinterkommen, dass uns auch dieses Gericht nur mäßig gelingt. Und eines Tages wissen wir dann, dass der Heilige der jeweils andere ist. Der andere ist der Heilige und nichts sonst, hätte ich ihm noch zurufen müssen. Aber diesen doch nicht ganz unwichtigen Schluss hatte ich, zermürbt von Langstreckenflug und Jetlag, vom Gewimmel und den Gerüchen des dichtest besiedelten Fleckens der Welt, völlig vergessen.

Außerdem bestürmte mich jetzt Taslimas Mutter. Es war wirklich mehr als ein herzlicher Empfang durch diese kleine, schon runzlige, verbrauchte Frau, die nur noch einen einzigen Zahn im Oberkiefer stecken hatte. Und auch der wackelte bereits stark, wie sie mit einem warmen, ganz offenen Lächeln bald gestand. Da saßen wir schon in ihren mit alten Möbeln, Küchengerätschaften, zwei Fahrrädern, einem Papageien und einem sehr kleinen Affen im Käfig vollgestellten zwei Zimmern mit winzigem Innenhof, in denen sie ihrem Taxifahrer von Mann drei Töchter und zwei Söhne geboren und großgezogen hatte, darunter auch Taslima, das schöne Kind.

Und hier wurde ich aufgenommen wie ein weiterer Sohn. Obwohl wir uns doch nur aus Büchern kannten und ich nicht einmal sicher war, ob sie lesen konnte.

Ich war erregt. Mir schlug vor Erregung das Herz bis zum Halse. Ich dachte an meine Großmutter, die umfangreich gewesen war wie ein Gebirge. Und in einem der schönsten Täler dieses Gebirges konnte meine Mama herumlaufen, die zwar klein war wie eine Maus, aber doch auch zierlich und schnell wie ein Reh.

Hab keine Angst sagte sie, *wir füttern sie dir vorher noch ein bisschen an.*

Wen füttert ihr noch ein bisschen an? fragte ich mit der Unerfahrenheit des geborenen Kölners und argwöhnte, mir würde hier eine lebende Gans oder Ente beschert und vor meinem Rückflug noch anständig gemästet.

Na, deine Braut, meine Tochter Taslima sagte sie schlicht. Hier schaltete ich glücklicherweise blitzschnell, ganz entgegen meiner sonstigen Art:

Macht euch keine Mühe, das besorgt schon ihre Freundin, die dicke Özdamar sagte ich, selbstverständlich ohne zu erwähnen, dass Özdamars eigentliches Handwerk die Hurerei ist.

Und das, obwohl ich sehr erregt war. Für kurze Zeit überwältigte mich der innere Aufruhr so, dass ich blind war für Details, ja nicht einmal die Teeschale wahrnahm, die inzwischen dampfend vor mir stand: Assam, beste Lage, nur Spitzen und *first flush*, gewachsen in 1400 Höhenmetern, schade um den guten Schluck.

Um zwischendurch wieder ein wenig Sicherheit zu gewinnen, stürzte ich kopfüber zurück nach Köln. Da wollte ich mit meinem Leben einen ganz neuen Anfang nehmen. An der Kreuzung Wilhelm-Sollmann-Straße / Rambouxstraße begegnete ich meiner Nachbarin, der Mutter des hochbegabten Ausreißers Einstein. Sie trug ihr Kopftuch, dessen eine Längsseite sie sich mit der Linken über Mund und Nase hielt, während sie in der Rechten ein wenigstens 10-Kilo-Netz an Kartoffeln aus dem Mini-Mart schleppte. Unter der Achsel klemmten ihr eine große Familienpackung *Persil* für Maschinenwäsche und vier Rollen Küchenpapier.

Sie kam auf mich zu, als würde sie mich nicht sehen, ja es gab mich nicht. Sie stieß nicht gegen mich, wie wir versehentlich jemanden streifen und *hopla* sagen, das nicht: sie teilte sich eher vor mir, ohne sich zu öffnen, wie Wasser vor einem Stein oder einer Ente im Teich, so floss sie an mir vorbei. Und so floss ich an ihr vorbei. Zwei Nachbarn, die sich begegnen in meiner Stadt, die auch die ihre ist. Und in diesem Augenblick hätte ich gern gewusst, wo sie schwitzt, wenn sie schwitzt. Und wie sie pinkelt und sich abtupft, wenn sie denn pinkelt und sich abtupft, so etwas, in dieser Art. So fremd war sie mir. Eine vorbeifließende Erscheinung. Eine Statue im Fluss, vorbei an mir, dem ihr Fremden.

Soweit war ich mit meiner Reise, und ich war dabei wirklich sehr erregt. Endlich einmal hatte ich aus ein paar meiner vielen Bücher das gemacht, was wirklich gute Bücher verdienen: ich war mit ihnen gereist. Ich hatte sie voll ausgeschöpft und mit mir selbst gefüllt. Und schon war ich ein anderer geworden. Da klopfte es heftig an der Tür.

Es war Poggenpohl. Der mir mitteilte, dass er mich verraten hatte. An den jungen Anwalt von Kleefisch. An Kleefisch selbst. An einen Herrn Kriminaldirektor Lieberman von der Sonderkommission »Kinderwagen«. Und dass mich die ganzen, eben noch verfeindeten und sich jetzt offensichtlich einigen Herrschaften in Köln erwarteten. Schöne Scheiße, dachte ich. Jetzt bist du dran.

21

Poggenpohl war klug genug, gleich mit den ersten Sätzen des Anwaltes dessen böse Absicht zu erraten: dieser junge Schnösel glaubte, ihn mühelos fernmündlich versenken zu können wie ein Schiffchen auf Papier.

Es stimmte ja: in Köln war die Hölle los.

Ein Mörder junger, blond gefärbter muslimischer Frauen mit Kinderwagen ging um.

Inzwischen 12000 aufgebrachte Muslime in der Stadt, die, kaum drohten sie zu ermüden und sich zum Rückzug zu sammeln, erneut die Peitsche ihres Kutschers im Rücken spürten, die in so fernen Ländern wie Ägypten und Bangladesch, ja selbst auf der im Pazifik verlorenen, von allerlei Piraten, Schiffbrüchigen und Haien umkreisten Inselgruppe der Molukken geschwungen wurde.

Der Zentralrat der Muslime in Deutschland, der zu beschwichtigen suchte, aber dies mangels einer allen Aufgebrachten gemeinsamen Muttersprache in einem so holprigen und vorsichtigen Deutsch von immer noch Gästen, dass es selbst die Gutwilligsten nicht verstanden. Es verpuffte wie Abluft.

Dagegen wiederum die unglückliche Äußerung eines Kardinals, der, wie schon mehrfach, spontan wie ein Kind und ohne den Mundschutz seiner Berater geredet hatte oder dem tatsächlich eine verächtliche Äußerung über den Propheten in den Mund gelegt worden war.

Und folglich ein Kölner Dom, das Herzstück des rheinischen Katholizismus, der von Erstürmung und Zerstörung durch die Muslime bedroht war wie die Babri-Moschee im indischen Ayodhya durch die Hindus, was als Nachbeben alleine in dem von Tiefental so geliebten Bombay noch mindestens eintausendvierhundert Tote gefordert hatte.

Und dieser Günther Tiefental, gelegentlich auch *Don* genannt, der, verschämt und verklemmt wie er war, von einem Mörder in seinem Kopf redete und Poggenpohl ein missverständliches Foto vorlegte, das ihn hinter einer blonden Frau mit Kinderwagen zeigte – dieser Mann war ihm hier im evangelischen Altenheim Hann.Münden in den Schoß gefallen.

Eine letzte große Geschichte fiel ihm einfach in den Schoß.

Ein einziges Mal zuvor in seinem stets bemühten und immer erfolglosen Leben eines Schreibers war er auf eine große Geschichte gestoßen. Das war die Geschichte des jüdischen Viehhändlers Fritz Levy in seiner friesischen Heimatstadt Jever gewesen – ein Mann, der gerade noch auf den letzten Pfiff der Vernichtung durch die Nazis dadurch entging, dass er einen Platz auf dem Frachtdampfer *Elbe* erwischte und nach Shanghai entkam mit den zehn gestatteten Reichsmark in der Tasche, abzüglich der Bearbeitungsgebühr. Ein Mann aber auch, der dermaßen von Heimweh geplagt wurde, dass er gleich zu Beginn des Friedens mit einem Pappkoffer wieder auf dem Bahnhof von Jever stand. Von niemandem eingeladen. Ungerufen und unerwünscht. Der Leibhaftige des schlechten Gewissens der Stadt jetzt.

Diesem Mann gelang das Überleben und Ausharren hier nur, indem er sich zum Eulenspiegel stilisierte, zum Michael Kohlhaas, zum Clown und Happening. Bis er sich schließlich, ermüdet und aufgebraucht von allen seinen Rollen, im Alter von 81 Jahren den letzten Kälberstrick seines Lebens kaufte. Und ihn, Egbert Poggenpohl, auf einem Zettel unter dem Stuhl des Gehenkten zu seinem Biographen ernannte.

Und Poggenpohl hatte diese große Geschichte wirklich aufgeschrieben. Er wollte es, und er hatte den Auftrag. Einem Toten gibt man keinen Auftrag zurück.

Das Buch war fast ein Schelmenroman geworden. Voller Bitternis natürlich, aber doch auch voller Zärtlichkeit. Es war eine Doppelbiographie. Poggenpohl beschrieb das unruhige Leben des Levy, indem er sein eigenes ruhiges Leben an ihm maß. Das war ihm ehrlich erschienen, denn er selbst hatte ja nur das ruhige Leben eines Mannes, der nie hatte emigrieren müssen. So hatte er gedacht. Aber auch das nutzte nichts. Keiner wollte das Buch lesen. Niemand sprach es aus, aber alle waren froh, dass der einzige, je nach Jever rückgekehrte Jude tot war und vergessen werden konnte.

Darüber war er selbst bitter geworden. Und gealtert. Und hatte zum Schluss sogar mit diesem eigentlich umgänglichen Kleefisch in seinem Reihenhäuschen in Köln-Bickendorf gehadert, mit diesem von Frau und Tochter verlassenen Kleefisch, der sein einziger Freund hätte sein können. Ja. Das alles stimmte. Und das alles ginge so einen jungen Schnösel von Anwalt überhaupt nichts an.

Es stimmte auch: er war rückfällig geworden. Er hatte diese neue, große Geschichte, die Geschichte vom großen Kölner Dom und vom kleinen Günther Tiefental und seiner Taslima für sich gewollt, und auch diese Sache mit dem Salman, der pissen konnte wie ein Pferd, wäre ein schönes Kapitelchen für sich geworden. Aber dieser Rückfall war vorbei. Er war abgekühlt. Er war ein alter Mann, dem endlich ein Hauch von Abgeklärtheit gut anstünde. Und folglich ging es jetzt nur darum, dass dieser dämliche Tiefental, schließlich auch ein Freund der Bücher wie er, mit seiner wahrscheinlich genauso dämlichen Taslima aus allem ungeschoren rauskäme. Und er machte diesem Schnösel von Anwalt das Schiffeversenken so schwer, wie er nur konnte.

Es waren Verhandlungen, wie sie etwa bei der Übergabe eines unversehrten Schlachtschiffes auf hoher See üblich sind. Sie zogen sich über 3 Stunden, 14 Minuten und 27 Sekunden hin. Und nicht Poggenpohl war es, der dabei schwitzte, sondern der junge Anwalt, dem bald das Lacoste-Hemd am Körper klebte.

Endlich waren es umständliche Dreier- und Vierer-Verhandlungen. Poggenpohl verlangte zunächst die Hinzuziehung von Kleefisch. Nachdem der sich mit einer Reihe sehr rüder Flüche erleichtert hatte, verlangte Poggenpohl die Rücknahme jedes einzelnen rüden Fluches und drohte bei Nichterfüllung mit dem Abbruch der Verhandlungen. Er verlangte erst von Kaczynski, dann von Lieberman persönlich die Zusicherung, dass sein Freund Tiefental in Köln ausschließlich als Zeuge und nicht als Beschuldigter vernommen und einzig nach der

Entstehung seines leicht missverständlichen Fotos befragt würde. Und von Kleefisch und seinem jungen Anwalt verlangte er die Überwachung des so vereinbarten Ablaufes.

Schließlich war er bereit einzuräumen, dass der seit Tagen in der ganzen Republik und den angrenzenden Ländern eines werdenden, aber noch zerfransten Europa gesuchte Günther Tiefental hier im Altenheim saß, Gästezimmer 2. Stock, eine Flasche *Göttinger Pils* vor sich auf dem Tisch und in Englisch in dem großformatigen Buch *Maximum City – Bombay Lost And Found* eines gewissen Suketu Mehta las.

Und natürlich fragte Poggenpohl hier noch spitz nach, ob Kaczynski und Lieberman ihm denn wirklich noch dabei folgen könnten. Also ob ihr gewiss erbärmliches Schulenglisch denn ausreiche, eine derartige Information wirklich nachzuvollziehen. *Adäquat*, betonte er, und noch einmal: *adäquat*. Bevor er endlich zusicherte, seinen Freund Tiefental auf die Mündener Polizeiwache in der ehemaligen Pionierkaserne, Wilhelmshäuser Straße zu begleiten, um alles Nähere zu regeln.

Die Wache trafen sie im Dämmerschlaf an. Als der Diensthabende *Altenheim* hörte, wollte er die beiden nach einem langen, wie diesem schien: vernichtenden Blick auf Poggenpohl wieder nach Hause schicken. Dann aber bequemte er sich doch an seinen PC. Gab zunächst falsche Befehle ein. Fluchte auf Technik und moderne Zeiten. Fand endlich die richtige Tastenkombination. Und schon rief er, jetzt sehr beschleunigt, zwei stämmige Kollegen herbei. Zu dritt wollten sie sowohl Poggenpohl als auch Tiefental Handschellen anlegen, hatten aber doch, wie eine Erleuchtung aus dem Himmel, eine Erkenntnis und konzentrierten sich auf Tiefental, den sie noch an einen einfachen, nicht gepolsterten Bürostuhl ketteten, obwohl der sofort über schmerzhafte Hämorrhoiden klagte. Nur bis der Hubschrauber aus Göttingen käme und ihn nach Köln flöge, sagten sie ihm. Ein so eiliges Gefahren-Transportgut war er plötzlich: Günther Tiefental, der gelegentlich auch *Don* genannt wurde.

Da wagte Poggenpohl nicht einmal mehr zu fragen, wie denn jetzt ein alter Mann wie er nach Hause käme. Er hatte seinen Freund verraten. Und die in Köln hatten ihn doch gelinkt.

22

Kleefisch und der junge Anwalt bemühten sich als erstes um einen Blick unter den Tisch. Aber auch dieser kleine Triumph blieb ihnen verwehrt. Dieses Mal hatte Lieberman den Tisch mit einer ausreichend großen Decke aus der Kantine des Präsidiums versehen lassen, die Kühlaggregat und flatternde Hosenbeine verbarg. Selbst aus den ersten Reihen war nicht einmal das Surren des Ventilators zu hören:

es wurde übertönt vom Klacken der Spiegelreflex-Kameras; vom gedämpften, aber deutlich hörbaren Befehlsgemurmel, mit denen entfernt im halben Europa sitzende Redakteure per Funk ihre Kameraleute steuerten; und immer wieder durch die lauten Rückfragen in breitem Texanisch eines Korrespondenten der AP, der mit seinem rudimentären Deutsch Entscheidendes von Mr. Lieberman nicht verstand und bei den Umsitzenden nachfragte – bis dem Vertreter von *La Gangsterera*, einer spanischen Kriminal-Revue, der Kragen platzte. Wenig kollegial, aber wirksam brachte er ihn im Tonfall der New Yorker Lower East Side, in die Teile seiner Familie unter Franco geflohen waren, zum Schweigen: *shut up, you fucked fool.*

Lieberman wusste, dass er schon einen Tag später vor halbleeren Reihen gesessen hätte. Aus den 7-Tage-Stoppeln der

Ankunft waren 9-Tage-Bärte, dann 11-Tage-Matten geworden. Jetzt waren die Muslime mürbe. Frauen und Kinder drängten auf Abbruch. Großmütter, die schärfste Waffe des Begehrens, wenn nur einmal in Schwung gekommen, hatten den Widerstand der Busfahrer gebrochen, ihre geschwollenen Beine auf die Polster gelegt, kleine Proviantlager und Pflegestellen in den Fahrzeugen eingerichtet. Und selbst die Peitsche der Kutscher aus so fernen Ländern wie Ägypten und Bangladesch und von der Inselgruppe der Molukken, nur zeitweilig im Dunst des Monsunregens zu ahnen, knallte bloß noch vereinzelt. Die Kutscher hatten sich abreagiert. Wenigstens ein winziger, nur nach Nano-Einheiten zu bemessender Teil der gewaltigen Schmach, die seit Jahrhunderten über ihnen ausgegossen wurde, war gerächt. Jetzt spitzten sie bereits die Ohren für den nächsten Anlass zur Empörung, die ihnen wiederum Abfuhr böte wie ein Klistier.

Aber es war noch immer die größte Pressekonferenz, die Lieberman je gegeben hatte. Und sie bestätigte ihn als den Mann, der das zur Zeit drängendste Problem der Stadt zu lösen verstand. Schon während er noch sprach, fuhren die ersten Busse aus Köln ab und hinterließen Berge an Müll, als habe dieses Mal der Rosenmontagszug am Ebertplatz Aufstellung genommen und sei vor dem Dom zum Halten gekommen. Denn Lieberman konnte den vermutlichen Täter präsentieren.

Es handelte sich um den mit seiner Buchhandlung *Don Quijote* in Konkurs gegangenen Günther Tiefental, 54, der jahrelang, zeugungsunfähig und folglich kinderlos, mit seiner Frau in einer sie quälenden Ehe gelebt hatte und kürzlich von ihr verlassen worden war. Und Lieberman ließ großflächig an die linke Längswand des Raumes Fotos projizieren, die im ersten

Stock des Reihenhauses in Köln-Longerich aufgenommen worden waren. Sie zeigten wieder und wieder einen sehr alten Kinderwagen. Und sie verdeutlichten, mit welcher Verhöhnung menschlichen Lebens und seiner mühsamen Aufzucht dieser Tiefental, plötzlich ohne Kunden und dann ohne Frau, seine übermäßige Freizeit gefüllt hatte. Das im Ebertpark aufgenommene Foto dagegen erwähnte Lieberman mit keiner Silbe.

Der junge Anwalt war zweimal aufgesprungen. Kleefisch hatte ihn beide Male wieder an seinem dunklen Tuch auf den Sitz gezogen. Lieberman brach nicht nur alle Zusicherungen: er log, das war klar. Am Ende, bei abgestellten Mikros und während die Kameraleute mit der Teilnahmslosigkeit jener, die alles strikt professionell sehen, ihre Gerätschaften abbauten, würde Lieberman sagen: aus höherem Interesse. So war einem Lieberman nicht beizukommen.

Kleefisch war übel. Frühmorgens der ewige Kaffee auf nüchternen Magen. Der Speck dann. Die Spiegeleier hatte er in Öl gebraten, weil die Butter ranzig war. Das Junggesellenleben. Alles. Ihm kam alles hoch.

Er war von seinem einzigen Freund gelinkt worden, das ja. Aber er war auch die ganzen Tage in seinem eigenen Viertel herumgelaufen wie ein Esel. Er kannte sein eigenes Viertel nicht. Alle seine Antennen, auf die er sich seit drei Jahrzehnten etwas einbildete, hatten versagt. Er war eben einer, der unehelich in der Melchiorstraße geboren wurde und der immer nur kleine Scheiße weggeräumt hatte. An die wirklich große hatten sie ihn nie gelassen. So hatte er sich den Glaube an eine Form von Anstand bewahrt, mit dem seine Mama lebte. Den hatte er geerbt. Wie das kleine Reihenhäuschen in Bickendorf, diese Leiche des einst schönen Genossenschaftsgedankens. Wie die Kirschbaum-Vitrine, die er immer noch mit Bienenwachs pflegte. Und wie ihr Grab auf dem Westfriedhof, wo sie in ihrer engen Konservendose lag und wachte: bei jedem seiner Besuche dort ermahnte sie ihn von Neuem zu dieser Art Anstand. Und auch darauf war er reingefallen. Er war so klein, dass er auf alles reinfiel, was über die zwei feuchten Zimmer in der Melchiorstraße hinausging, in denen er aufgewachsen war. Gut. Nein, schlecht.

Aber wenn dem so ist, Kleefisch, Johannes B., dann hast du in nächster Zeit volles Programm, sagte er sich. Und dem jungen Anwalt neben sich sagte er kein Wort außer: *halt erstmal die Klappe.*

23

Knappe 24 Stunden darauf saßen sie erneut zusammen: Kleefisch und der junge Anwalt. Kaczynski und Lieberman. In einem Halbrund vor dem Tisch des Haftrichters mit seinem sehr leichten Duft nach frisch gemähtem Gras und Benzin, dessen Quelle aber doch wohl, Mitte der Woche, ein Rasierwasser oder Körperspray war.

Kleefisch legte vor:

a) die Körpertemperaturen der ersten Frauenleiche zum Zeitpunkt ihrer Entdeckung im Ebertpark und ihrer Einlieferung in die Gerichtsmedizin. Aus dieser Kurve ließ sich ableiten, dass der Tod höchstens 10 Minuten vor dem Auffinden der Leiche durch den Gastronomen S. eingetreten war. Zu dieser Zeit saß Kleefisch an Tiefentals Glastisch, blätterte in Büchern über Bombay und trank Kaffee. Lieberman hatte sich nicht die Mühe gemacht, diese Daten aus den Unterlagen des Pathologen verschwinden zu lassen. Oder es war ihm nicht gelungen.

b) Zeugnis der Mutter von Einstein, dem Hochbegabten über die genaue Uhrzeit, zu der Kleefisch vor dem Haus des Günther Tiefental einparkte und ihn laut bat, dem Kleinen doch wenigstens etwas Süßes zu geben. Kleefisch hatte die Frau, ganz ohne Kopftuch, in der Tür ihres Hauses stehen gesehen. Als er über die Geschichte von Einstein nachdachte, war sie ihm wieder eingefallen. Sie hatte dem Kleinen auf seinem Dreirad mit einem wehmütigen Lächeln hinterhergeblickt. Sie wusste, dass sie ihn verliert. Irgendwann. Bald. *Mütter wissen alles* hatte er sich wieder einmal gesagt und an seine eigene in der Konservendose gedacht: *das macht sie so unheimlich. Und schön. Sie sterben nie. Eigentlich. Aber wer so viel weiß und ewig lebt, der wird nie wirklich glücklich.*

c) Die Daten eines Handy-Gespräches, das Kleefisch kurz vor seiner Abfahrt an Tiefentals Glastisch geführt hatte und die bei T-Mobile gespeichert waren. Es war noch sein eigenes Handy gewesen, nicht das auf den Namen seiner Tochter gemeldete. Für die Daten und den Inhalt des Gespräches verwies er den Haftrichter folglich an Lieberman und seine Leute, die ihn ohne richterlichen Beschluss abgehört hatten.

Der junge Anwalt, der wegen der vielen arbeitslosen Jungakademiker vorbeugend auch etwas sagen wollte, setzte zu einer längeren Erklärung über das anonym im Ebertpark aufgenommene Foto an, das Tiefental mit erhobenem Arm hinter einer blonden Frau mit Kinderwagen zeigte. Der Anwalt identifizierte die Frau mühelos als Tiefentals Freundin Taslima T. und die ganze Szene als eine Art Liebesspiel. Er verwies auf das weite Feld der Interpretation und Spekulation. Dann holte er noch einmal Luft und wollte Näheres zu Buchhändlern, zu Literaten und Künstlern allgemein ausführen, die ihm freilich selbst so fremd waren wie den anderen hier Anwesenden, aber da winkte der Haftrichter müde ab. Das dringlichste Problem der Stadt war gelöst. Die letzten Busse verließen Köln. Die Suche nach dem tatsächlichen Täter würde weiter gehen. Und er verabschiedete alle mit einem milden Rüffel an Lieberman, den dieser ungerührt einsteckte. Lieberman war der Sieger. So und so.

Tiefental sah erbärmlich aus. Weder war er während des Fluges nach Köln, noch im Verlaufe der Verhöre in Köln körperlich misshandelt worden, aber er war nun einmal diese Mimose. Ein Buchhändler. Einer, der seinen Laden *Don Quijote* genannt hatte und auf dem der Wind schrieb, wie er wollte.

Kleefisch brachte ihn zum Taxi. Da umarmte und küsste er ihn, links, rechts und noch einmal links. Dreimal. Das war nicht unbedingt seine Art. Kleefisch hatte sich das in Peru abgesehen, wo sich auch die Männer unablässig schnäbeln wie Wellensittiche. Und über diese Mimose Tiefental, in dessen Kopf vorübergehend ein Anderer gewohnt hatte, wollte er noch eine Weile die Hand halten.

Dann ging er zu seinem alten *VW Passat*, warf die Notiz über einen Strafbefehl wegen Parkens in der Ladezone weg, verpasste in seinem inneren Aufruhr die Deutzer Brücke, passte bei der Severinsbrücke besser auf, kurvte ans Rheinufer, stritt an einer Ampel auf Höhe des Schokoladenmuseums kurz, aber heftig mit einem Taxifahrer, der ihm die Vorfahrt genommen hatte, tauchte in den Tunnel vor der Altstadt, ließ links Dom und Hauptbahnhof liegen und ganz links das schon reichlich mitgenommene, ob der ständigen Fröhlichkeit kränklich-blau angelaufene Musical-Zelt, folgte dem Rhein bis zur Bastei mit ihrem kreisförmigen, über den Strom kränkenden Restaurant, das die Stadt, wiewohl Pleite, noch immer nicht zu bewirtschaften verstand, bog direkt dahinter auf die schmale, holprig gepflasterte Zufahrt zum Rheinufer, wo bis gestern noch Busse geparkt und die Fahrer genächtigt hatten, stellte den Wagen ab, tastete sich vorsichtig, eine Hand auf dem Boden, die Böschung runter, suchte sich einen flachen Stein, setzte sich und sah aufs Wasser.

Hier liegt Köln am Meer.

Wenn es ihm schlecht geht und er über sich nachdenken will, dann sitzt er hier. Als Zehnjähriger hat ihn dieses Viech von Rhein verschlingen wollen. Der Strudel hinter einer Buhne gegenüber der Einfahrt zum Deutzer Hafen. Er war gerade so davongekommen. Das verbindet. Er liebte den Rhein und fürchtete seine Strömung. Das Leben in einer Stadt, die nur über eine Pissrinne verfügt, wollte er sich nicht vorstellen.

Einer, der am Strom geboren ist, braucht das Wasser. Auch wenn ihn die Schiffe immer wieder rausziehen, stromabwärts, zum wirklichen Meer. Wenn es ihm erbärmlich schlecht ging und auch kein Nachdenken mehr half, gab er dem Ziehen nach und fuhr ans Meer. Da verlor er sich bald und kam zurück. Sein Herz war hier. Er hatte dort ganz ohne Herz am Wasser gesessen.

Inzwischen hatten auch die Kölner wieder den Strand entdeckt, gerade gegenüber: das seichte, sandige Ufer vor dem Rheinpark und der Messe.

Je mehr von der alten Stadt verschwand, zubetoniert, über Nacht abgerissen wurde, umso dringlicher suchte er nach dem Köln von einst. Manchmal entdeckte er in dem Neuen noch alte Reste und bestaunte, betastete sie. Wie eine wieder getroffene Jugendliebe – eine ältere Frau jetzt, lange verschollen, auf Reisen irgendwo, dann im Hessischen mit Hausbau und Kinderaufzucht beschäftigt und zugemüllt von einem einzigen, knöterigen Mann. Aber jetzt hatte sie sich direkt vor ihm den Knöchel verstaucht und war da. Traudel. Trautlinde. Der Morgenstern und die milde Richterin seines Lebens. Bevor er in eine ganze Milchstraße von Frauen getaucht war.

Das war seine Stadt. Diese alt gewordene Frau mit dem verstauchten Knöchel. Die er liebte. Trotz aller Fäulnis, die immer wieder mit der schalen Heiterkeit von Karnevalisten überstrichen wurde.

Ein Kormoran flog dicht vor ihm übers Wasser, landete, tauchte nach Beute ab. Kleefisch hielt den Atem an. Keine Chance, Kleefisch, der kleine Kerl schafft es viel länger als du.

Ein Chemietanker. Dann ein Frachter mit hellgelbem Sand. Das Boot der Blauen ging längs, um die Papiere des Schiffsführers zu kontrollieren und seinen Pegel, Gin oder Genever. Neuerdings waren es einsame Männer da oben im Führerstand. Lange vorbei die Zeit, da die Frau Wäsche aufhing, Hemden, Overalls, große weiße Unterhosen, die zwischen Köln und Koblenz im Fahrtwind knatterten und trockneten.

Ein erster Schweißtropfen rann ihm aus den schon grauen, aber immer noch dichten, borstigen Haaren. Spätsommersonne. Ein schöner Tag. Vielleicht käme sogar noch eine Entenfamilie am Ufer langgepaddelt, verspätet geschlüpfte Brut. Mama vorneweg, die Kleinen noch wie Tennisbälle. Immer gab es einen Hochbegabten, der ausscherte und von der Strömung abgetrieben zu werden drohte. Einstein. Die Frau im Hauseingang. Ganz ohne Kopftuch, Wehmut in den Augen. Damit blickt sie ihrem Sohn auf dem roten Dreirad hinterher, den sie gerade verliert.

Lieberman. Schon wieder funkte ihm Lieberman in den Schädel.

Hinter ihm am Konrad-Adenauer-Ufer das *Rheinsternhaus.* 26 Stockwerke. Neben dem *Axa*-Hochhaus weiter stromabwärts hatte es vor 30 Jahren das höchste Wohnhaus Europas werden sollen. Mitten in den Schachtarbeiten für die Baugrube kam einer von der Post vorbeigeschlendert: *Jungs, was macht ihr denn hier?* Und so wurde das fertig geplante und finanzierte Projekt auf den letzten Pfiff oben abgeschnitten, weil es eine Richtfunkstrecke störte. Der Bauträger ging darüber Pleite. Planung in Köln. In der Stadt, die er liebte.

Auch das Apartment seiner letzten Freundin, einer Polin, die am Eigelstein kellnerte, war auf diese Art um ein paar Längen nach unten gerutscht, ausgerechnet in den 13. Stock. Diese Frau im 13. Stock hatte ihm schließlich das Genick gebrochen. Sie verstand zuzuhören, und er hatte von sich erzählt. Als verliebter Trottel hatte er zu spät gemerkt, dass sie spitzelte. Eine Kellnerin am Eigelstein erfährt viel: Drogen, Einbrüche, Schwarzgeld, Hurengeschäfte, Autoklau, jeder Lude in Moskau will den *Porsche Cayenne* fahren. Und bald wusste Lieberman genauso viel über Kleefisch wie die Polin im 13. Stock.

Was soll's. Zwar war er seit längerem ein Vater ohne Tochter und seit kurzem ein Mann ganz ohne Frau. Aber inzwischen war er doch mit dieser höheren Nüchternheit gesegnet, die nur Gestrauchelte zu schätzen und zu nutzen wissen. Abgeklärt. Mit dem Bedürfnis, in sich aufzuräumen. Wie es eben Menschen tun, traurig und hoffnungsvoll zugleich, die einen Schiffbruch überlebt haben. So etwa. In der Art. Würde Tiefental sagen. Seine Tochter Andrea, die mit dem leicht pfeifenden Schneidezahn, war die schönste Frau der Welt. Und verständig genug, um irgendwann wieder zu ihm zurückzufinden. Und in ihrem Kielwasser käme auch seine Frau wieder. Und mit ihr keine neue Liebe, aber doch eine alte, jetzt vermisste Vertrautheit. Viele kleine einzelne Siege eines Zusammenseins. Erinnerungen. Ohne diese Frau verblassten die Erinnerungen, verschwanden, und damit sein gelebtes Leben.

Er scheute sich, über *Die Termite* nachzudenken. Dem Lieberman hatte er von Beginn an auf die Finger gesehen, weil der seinen Posten mit einem Trampolin zu verwechseln schien. Bald hatte er erste Unregelmäßigkeiten entdeckt. Dem schlauen Lieberman blieb das nicht verborgen, und so waren sie Feinde geworden. Jetzt scheute er, weil Bitterkeit, Rache gar das Denken verdirbt. Maden im Kopf. Wochenlang hatte er sich in dieser Entzugsklinik damit beschäftigt. Er hatte darüber vor anderen Schiffbrüchigen, vor ahnungslosen, stumpfen Therapeuten reden gemusst, die ihm aus bloßer Frackigkeit noch einen völlig kaputten Aufseher einer Spielhalle ins Zimmer legten, einen Zahnlosen mit offenen Schwären am Bein, der nachts Kolonne furzte.

Kleefisch scheut das Nachdenken über Lieberman als Intrigant und möglicher Regisseur eines Doppelmordes auch, weil Liebermans Vater, ein Kölner Fleischgroßhändler, gemäß der Bruchrechnung der Nazis ein Halbjude war. Der floh rechtzeitig nach Argentinien. Dort erwarb er eine Rinderfarm und eine Zuckerfabrik. Nach dem Krieg säte er im Umkreis, bequem mit seinem *Chevrolet* erreichbar, 33 uneheliche Kinder aus; als wollte er ganz persönlich mit den Hoden seinen Teil der Deportierten und Ermordeten ersetzen. Bei seinem einzigen Blitzbesuch in Köln zeugte er mit einer Friseuse aus der Venloer Straße Kind Nr. 34. Diese Frau, vor kurzem noch Arierin, jetzt zur bloßen Kölnerin zurückgestuft, gebar den (nach der Bruchrechnung der Nazis) Vierteljuden Mario Lieberman, der bald, da Köln noch immer nahezu judenfrei war, in der einsetzenden Flut schuldiger Verklemmnis als Stellvertreter der Verschwundenen diente, ein Ausstellungs- und Messestück.

Und Kleefisch wusste: bei jedem auf sein Fortkommen bedachten Staatsanwalt, der heute gegen solch ein Messestück ermitteln soll, gehen die Warnlampen an. Er fürchtet den Geruch des Antisemiten, in dem seine Vorgänger saßen.

Auch Kleefisch hatte sich immer nur unzureichend mit der Vergangenheit beschäftigt. Was hatte sie für sein Viertel bedeutet, für das Landgericht am Reichensperger Platz, für die großen Wohnungen in der Weißenburgstraße? Wenigstens hätte er einmal in Poggenpohls Geschichte vom Viehhändler Levy lesen sollen, der früh, krank vor Heimweh, aus seinem Exil zurückkehrte und nie wirklich ankam.

•

Erst seit kurzem empört ihn die Frechheit, mit der Laiendarsteller an Stehpulten einmal jährlich am Tag des Gedenkens die Betroffenheit aller und den Abscheu jedes einzelnen auf dem Spielplan haben. Und alles das wischen sie sich am Ende der Vorstellung in der Garderobe aus dem Gesicht wie Schminke.

Er scheut das Nachdenken über *Die Termite* auch, weil er sich so aus seinem eigenen Viertel wegdenken muss. In bessere Viertel. In eine gepflegtere, höhere Form der Delinquenz. In die Viertel der Privatbankiers und Fonds-Eigner, der Bauunternehmer und Versicherungsdirektoren, der Besorger von Waren und der Entsorger von Warenresten. Diese Typen brauchen nur leise zu pfeifen. Und schon ist ein Mann, der eben noch Oberstadtdirektor Kölns war, ohne auch nur einen Wimpernschlag zwischen Amt und Geschäft, als Geschäftsführer bei ihnen ein offener Tresor.

Das andere Köln. Auch das ein Köln der Anderen.

In der Strommitte schob sich die *Rheinenergie* unter der Zoobrücke vor, das Flaggschiff der *Köln/Düsseldorfer*: Stahl und Glas, ein schwimmender Tanzpalast. Bei einem seiner letzten Besuche im 13. Stock hatte Kleefisch zusammen mit der Polin von dort aus auf den neuen Papst Benedikt heruntergesehen: ganz in Weiß und natürlich auch er frisch gebügelt, stand er am Bug des Schiffes. Die Kardinäle hatten sich an der Reling aufgereiht wie die Matrosen eines Schulseglers bei der Einfahrt in den Hafen. Immer wieder hob der Papst beide Arme. Er grüßte die dicht gedrängte Ameisenmenge an beiden Ufern, die seit Stunden über dem Rhein knatternden Hubschrauber und das Luftschiff, das mit seiner raffinierten Elektronik ganz Köln seit Tagen untersuchte, als sei die Stadt ein Patient auf Intensiv. Erstaunlich, was der an seine Gelehrtenstube gewöhnte, in der Öffentlichkeit noch schüchtern wirkende Greis für eine Kondition hatte auf diesem XX. Weltjugendtag in Köln.

Die milden, nachdenklichen, aber gelegentlich auch knutschenden katholischen Jugendlichen aus aller Welt hatten es Kleefisch angetan. Die Straßen waren voll davon. Sein Viertel mit der Agneskirche kochte über. Eine schöne Jugend. Er hatte in diesen Tagen eine junge Nigerianerin gesucht, die als vermisst gemeldet war. Bis er feststellte, dass sie ihr Nigeria gegen ein Land tauschen wollte, in dem Scharia ein Schreckwort ist, und das Visum nutzte, um sich still daraus zu verpissen.

Zur Wahl des neuen Papstes waren die Kardinäle aus aller Welt nur mit kleinem Gepäck angereist, wie ein sorgloser Plauderer aus Brasilien verriet. Allgemein gilt eine Papstwahl als sehr umständlich und langwierig. Woher wussten die Kardinäle, dass sie nur kleines Gepäck brauchen würden?

Wirklich, alles war eine Sache der Strippenzieher. Der Papst Woytila. Der bemerkenswert schnell gewählte Benedikt. Sein erster Lehrherr, der umnachtet gestorbene Wehner mit seinen kleinen, mühelos zu verschluckenden Zetteln. Der schlaue Lieberman. Schon wieder dieser Lieberman, der dank zweier erschlagener junger Mütter und 12.000 aufgebrachter Muslime in der Stadt einen weiteren Karrieresprung machte.

Lieberman musste das Tiefental-Foto gekannt haben, bevor Kleefisch es dem grünen Umschlag entnahm. Wie sonst hätte er wissen können, wann die Zustellung erfolgte?

Hatte dieses Foto ihn auf eine Idee gebracht?

Hatte er im reichhaltigen Angebot einen Killer gedungen, der den tödlichen Genickschlag beherrschte?

Hatte er die Fehlzündung des gelegentlich nun wirklich ungeschützt plappernden Kardinals lanziert und den Mann als Brandbeschleuniger genutzt?

Hatte er den Aufstand der Muslime am PC hochgerechnet, und mit ihm gleich die Vielzahl jener Kölner, die ihn bei der schnellen Lösung des Falles wählen und ihm damit den Flugschein in noch lichtere Höhen verschaffen würden?

Kleefisch scheute sich noch immer, über dieses Szenario nachzudenken. In dieser Hinsicht war er wirklich viel zu kurz geraten. *Ehrlich währt am längsten* hatte Mutter Kleefisch jedes Mal gesagt, wenn sie ihn bei einer Lüge erwischte. Und als Junge log er wie gedruckt. Für die Schule schmierte sie ihm abends schon Marmeladenbrote, damit das Zeug morgens nicht mehr tropfte. Die anderen konnten mit Wurst und Käse punkten, und der König, Sohn eines Kohlenhändlers, mit daumendickem Weißbrot. Alles das wollte ausgeglichen werden. Durch Lügen. Und Recht hatte sie. Schließlich lebte sie immer noch, wenn auch etwas beengt. Der Platz für sie in seinem Kopf und in seinem Herzen war auch nicht größer als der in der Dose auf dem Westfriedhof.

Inzwischen war Kleefisch schweißnass. Fünfzig, vielleicht hundert Möwen trieben in der Mitte des Rheins stromabwärts. Die Vögel nutzten den Spätsommer, genossen die Strömung, vermochten die Geschwindigkeit der aufwärts fahrenden Schiffe einzuschätzen und teilten sich ruhig vor ihnen. Es reichte. Kleefisch stand auf, unsicher vom langen Sitzen. Er schüttelte das rechte, dann das linke Bein aus. Wieder und noch einmal. Oben auf dem Gehweg stand eine Greisin mit ihrem Wägelchen aus dem St. Vincenz-Haus. Der Kranz ihrer weißen Haare in der Sonne: ein Vogelnest. Mit harten, gierigen Augen sah sie zu ihm runter. Sie erwartete, die Reste einer Schweinerei zu sehen, die dieser Mann gerade mit sich angestellt hatte.

Nichts da, Mütterchen. Bloß schlechte Blutzirkulation. Das Alter. Damit kennst du dich doch aus sagte Kleefisch zu ihr und ging zu seinem Wagen.

24

K*omm mal mit raus* sagte Karl S., der Juwelenknacki. Sie stiegen die Treppe runter, stießen unten auf Fiddy, der neugierig mit einem Tablett voller Frikadellen aus der Küche kam. Sie passierten die am Tresen Sitzenden, die ihnen stumm und noch etwas stumpf von der Nacht die Köpfe zudrehten, gingen ein Stück auf der Neusser Straße und stellten sich in die Einfahrt von *Jacque's Weindepot.*

Wir haben eine faule Nuss im Viertel sagte Karl S. hier.

Mindestens sagte Kleefisch. *Aber mach's kurz. Was weißt du?*

Es war Schmelz. Unser Richard Tauber.

Du spinnst sagte Kleefisch. *Schmelz hasst die jungen Mütter, das ist richtig. Weil ihn mal eine tödlich beleidigt hat. Wegen seines Bauches. Und weil er die Witwen und Matronen ausnimmt wie Suppenhühner. Außerdem wäre er am liebsten vorne Mann und gleich daneben Frau. Wie manche dieser Würmer, die sich selbst befruchten. Aber Schmelz bringt doch keine junge Mutter um. Noch dazu in seinem eigenen Park. Dieser Park ist seine gute Stube.*

Das habe ich doch gar nicht gemeint. Aber Schmelz ist einer, der wo sein Maul nicht halten kann. Wenn er dabei ist, erzählt er alles. Schmelz kennt jede Bewegung im Park. Der sitzt dort stundenlang auf der Lauer. Schmelz ist zu vornehm, um zum Pinkeln in eine der Kneipen zu gehen. Aber wenn die Blase voll ist, schifft er ins Gebüsch. Und von da aus hat er den Tiefental gesehen, unseren Don. Hinter dieser Inderin mit Kinderwagen. Und fotografiert. Und das Foto für zwei Riesen verkauft.

An wen?

Sag ich nicht. Ich bin ein kleiner Mann.

Woher weißt du das?

Frag Willy.

Den mit der Hasenscharte?

Ja.

Willy schuldet mir noch was. Der war doch wirklich sein Leben lang in keiner Krankenversicherung. Hat immer nur schwarz, ohne Arbeitsvertrag sein Kölsch gezapft. Jetzt ist er krank, und ich hab was für ihn gedreht.

Na dann sagte Karl. *Und lass mich aus allem raus. Ich war's nicht. Ich weiß nichts. Ich bin nur dein Freund.*

Wenigstens einer sagte Kleefisch.

25

Die Fans hatten getobt. Die Kölsch-Brauereien waren leer gesüffelt worden: der 1. FC Köln, wieder einmal vom Abstieg aus der Bundesliga bedroht und auf dem Weg, vom Fußball-Profi zum Karnevalsverein zu mutieren, schlug in einem Heimspiel den Deutschen Meister FC Bayern München mit satten 2:0.

Fiddy hatte ein Video dieses Spiels schon unten in der Melchiorschänke eingelegt, bevor die angekündigte Arbeitssitzung oben im Büro seines Mieters, der Detektei Kleefisch begann. Die Stammkunden erregten sich zum vierten Mal. Selbst der für gewöhnlich sehr sparsame Juwelenknacki Karl S. warf eine Runde. Und schon stritten sich Stammkunden, die ihren Verein in- und auswendig kannten, mit Zufallsgästen von der Straße, die wenig vom 1. FC wussten und gar nichts über die Regeln der hohen Ballkunst, aber angelockt worden waren vom Gewoge im engen Schankraum, der schon zu Beginn der ersten Halbzeit, als der Wahlbayer Roy Makaay einen Kölner böse legte, einem Wellenbad glich.

Kleefisch oben in seinem Büro war mit der Geräuschkulisse zufrieden. Er saß an seinem Antikimitat und wartete auf Rainer D. und Begleitung.

Dieser Rainer D. war ein schöner und kräftiger Mann. Das Schönste an ihm waren die langen, dunkelblonden Haare. Alle zwei Tage ließ er sie beim Friseur Käse in der Weidengasse waschen und legen. Aber auch der Rest war schön. Die Tätowierungen auf den Unterarmen – der übliche Anker, ein Segelschiff, der eher missratene Versuch, die Loreley nackt auf ihrem nackten Felsen abzubilden – verbarg er inzwischen auch an warmen Tagen durch Hemden mit langem Arm. Er hatte sie aus Freude über die Erlangung seines Rheinschifffahrts-Patentes anbringen lassen, das ihn ermächtigte, den Strom vom ersten schiffbaren Kilometer bis zur Mündung zu befahren.

Damit war es aus, als die Blauen auf der Höhe von Leverkusen begannen, das von ihm geführte Tankschiff zu filzen; denn auf der Höhe von Köln-Rodenkirchen entdeckten sie zehn Kilo Marihuana. Die wollte er von Rotterdam nach Basel bringen, wo sie zu Plätzchen mit schweizerischem Schokoladenüberguss verbacken werden sollten. Die damals herrschenden Vorurteile gegen dieses Naturprodukt machten aus dem eher zufälligen, bisher nicht auffällig gewordenen Transporteur einen Verbrecher. Auch der wissenschaftlich untermauerte Hinweis des von Kleefisch besorgten Anwaltes, ein Dr. Paul Bäcker aus dem Westerwald, dass dieses Kraut doch sehr viel weicher und weniger schädlich sei als sämtliche Säfte der völlig legal produzierenden Drogenindustrie, einschließlich des Kölner *Klosterfrau Melissengeist*, vermochte den Richter nicht einsichtiger zu stimmen.

Seit der Haft, die er unter den schweren Jungs in Werl abgesessen hatte, war Rainer D. strikter Landbewohner. Er lebte vom Pokerspiel, den Pferdewetten, dem Handel mit gefälschten Eintrittskarten für die großen Stadien und zur

Zeit von zwei Mädchen, einer Mulattin von der Karibikküste Kolumbiens und einer weizenblonden Ukrainerin, die er bescheiden *meine beiden Pferdchen* nannte. Und Kleefisch schätzte ihn für die eine oder andere kleine Handreichung. So auch jetzt, da er mit Schmelz, auch genannt Richard Tauber, die Treppe hochstieg.

Schmelz atmete schwer. Der stattliche Mann. Das Übergewicht. Und schließlich war er aus dem Ebertpark entführt, ja von diesem Rainer D. regelrecht abgeführt und in scharfer Gangart hierher befördert worden. Jetzt stand er vor dem Schreibtisch und schwitzte. Er zog ein weißes, Falz auf Falz gelegtes Taschentuch, entfaltete es und wischte sich Gesicht und Nacken trocken. Er schwitzte weiter und wollte sich setzen.

Wer bei uns im Viertel stinkt, der bleibt stehen sagte Kleefisch. *Also? Jetzt sing mir mal was vor.*

Um Gottes Willen. Bei meiner Mutter. Ich war es nicht. Ich könnte einer Frau nie was antun. Wie kannst du das nur von mir glauben! Und ausgerechnet so was. Liegen da, ganz tot, die Hosen runtergezogen, das Geschlecht entblößt, junge Mütter. Abscheulich!

Schmelz, du singst die falsche Arie sagte Kleefisch. *Niemand behauptet, dass du zwei Frauen erschlagen hast. Also? Seit wann verkaufst du das Viertel? Für wieviel? Und an wen? An Kaczynski, oder an Lieberman persönlich?*

Schmelz schwieg und wischte sich Schweiß. Rainer D. nahm Maß und schlug einen linken Haken auf die Leber. Schmelz schien unbeeindruckt. Dann, mit der üblichen Verzögerung bei Leberhaken, setzten die Schmerzen ein. Er krümmte sich und ging auf die Knie.

An wen? An Kaczynski oder an Lieberman persönlich? wiederholte Kleefisch.

Schmelz schluchzte laut auf. Die Schmerzen machten aus dem stattlichen Mann den kleinen, übergewichtigen Jungen.

Steh auf und antworte. Der nächste Haken schlägt dir ein Blumenkohlohr. Ganz schlecht für dein Gewerbe.

Ich kenne keinen Kaczynski. Und keinen Lieberman.

Du lügst.

Ich hab sie mal gesehen. Aber ich kenne sie nicht.

Wer hört dir zu? Wer zahlt dich?

Hör mal sagte Schmelz, der jetzt wieder stand, *im Januar kam der Vermieter mit einer wahnsinnigen Heizungsrechnung vom letzten Winter. Die konnte ich nicht zahlen. Der wollte mir kündigen. So fing das an.*

Der Winter davor war nicht so streng.

Eben. Aber die Rechnung. Und die konnte ich nicht zahlen. So fing das an. Da bin ich zu Willy gegangen.

Der mit der Hasenscharte?

Ja. Der hat bloß gesagt, geh zum Karl.

Unser Juwelenkarl?

Genau der. Was ich erfahre, erzähl ich dem Karl. Der Karl kassiert bei Kaczynski und gibt mir meinen Teil. Aber jetzt hat der Karl kalte Füße. Wegen der beiden toten Frauen. Karl hat Angst. Da ist was schief gelaufen. Ich habe auch Angst.

Jetzt war es Kleefisch, der sich wie nach einem Leberhaken fühlte. Sein Viertel. Er hatte wirklich geglaubt, es sei sein Viertel. Aber er war bloß Gast hier. Er hatte hier Bekannte, aber keinen Freund.

Lass ihn laufen sagte er zu Rainer D. *Das macht ihn nicht besser. Und uns auch nicht. Aber trotz allem ist er einer von uns.*

Ich weiß, wen du suchst sagte Rainer D., nachdem Schmelz gegangen war.

Na?

Du suchst den, der bei der ganzen Geschichte mit den Frauen die Strippen zieht.

Ich suche den, der hier Billard spielt. Über die Bande.

Eben. Mit dem habe ich auch noch eine letzte Rechnung offen. Ich helfe dir.

Wieso Du?

Einer der beiden Erschlagenen stand gelegentlich auf meiner Lohnliste.

So sagte Kleefisch. *Eigentlich schade. Denn ich hatte mich schon an den Gedanken gewöhnt, dass Mütter rein sind. Leicht und licht wie Engel. Aber egal. Halt dich da raus. Das ist meine Rechnung. Und ich kassiere allein.*

Das ist aber ein Ding, das kann enden wie im Kino. Zwei Männer in der Prairie. Die gehen aufeinander zu. Wer schneller zieht, der überlebt. Wie bei diesem Schon Dwaine.

Wem?

Schon Dwaine. Dieser Cowboy mit den krummen Beinen und dem kleinen Bauch.

John Wayne, der alte John Wayne sagte Kleefisch, versonnen, träumerisch. Er sprach den Namen mit dem selben süßlichen Beiklang aus, mit dem einer von früher erzählt. Von viel früher. Aus der goldenen Zeit, da alles hart, aber einfach schien. Beschissen zwar, aber gerecht. Da alles bloß Kino war. Wenn sie aus dem *Metropol* am Ebertplatz kamen, hielten sie das ganze Viertel für Kino, gingen schwankend wie nach einem sehr langen Ritt, griffen sich wichtig in den Schritt, wo noch gar nichts Nennenswertes war und knallten mit ihren Zündplättchen-Revolvern rum: Helden. Damals waren sie alle Helden gewesen.

Köln, November 2006

In Vorbereitung:

DIE TANGO-SÄNGERIN
Die Kommissar Kleefisch-Serie II

Peter Faecke, geb. 1940, war Rundfunkredakteur, Dozent, Entwicklungshelfer, lebt als Journalist und Schriftsteller in Köln. Neben Hörspielen und Reportagen veröffentlichte er die Romane des **Kowalski-Projektes**, das zur Zeit einzige Langzeit-Projekt der deutschen Gegenwartsliteratur.

Bücher von Peter Faecke in der EDITION KÖLN

Wenn bei uns ein Greis stirbt ...
Literarische Reportagen aus Mali, Namibia
140 Seiten, € 12,90

Lima die Schöne -
Lima die Schreckliche
Reportagen aus Peru
176 Seiten, € 13,90

Landschaft mit Gärtner
Roman. Das Kowalski-Projekt I
352 Seiten, € 11,-

Hochzeitsvorbereitungen auf dem Lande
Schelmenroman. Das Kowalski-Projekt II

Die geheimen Videos des Herrn Vladimiro
Kriminalbilder. Das Kowalski-Projekt III

Die Geschichte meiner schönen Mama

Roman. Das Kowalski-Projekt IV

Geb., 296 Seiten, € 15,90

ISBN 978-3-936791-09-9

Auch das letzte Buch des Kowalski-Projektes kommt nicht ohne Kriminelle aus: Hier geht es u.a. um einen Mann, der zum Killer wird und nach seinem letzten Auftrag wieder zum Mensch. Es geht um Leben und Werk der Marlene Dietrich und der Leni Riefenstahl. Um einen Dichter erotischer Literatur, in Köln geboren und vor den Nazis rechtzeitig geflohen, der zurückkehrt mit einem kritischen Blick auf die Art, in der wir gedenken und erinnern. Und natürlich geht es immer und überall um Kowalskis, die sich vor allem ins Ruhrgebiet verbissen haben wie die Zecken.

Gestaltung und Satz:
Grafikstudio Edition Köln / Heike Rittner

Druck und Bindung:
GRASPO CZ, a.s., Zlín, Tschechische Republik

ISBN 978-3-936791-33-4

EDITION KÖLN
Mevissenstr. 16/2
50668 Köln
edition.koeln@t-online.de